男たちのラプソディー

大手商社の片隅で事業にかけた男たちのドラマ

星 一平
HOSHI Ippei

文芸社

本作品はフィクションです。

目次

主な登場人物

《三星商事　情報機器部（旧光機資材部）》

槇山純平　一九六九年入社。船舶海洋部に三年間在籍。イタリア語学研修生として派遣され、ペルージャ、ジェノヴァ、ローマに住む。資材本部に戻り、ＰＰＣ複写機エムビックス事業に携わる。その後ミラノ、ロンドンに駐在。典型的Ａ型タイプ。仕事も遊びも要領よくこなす。上司には臆せずはっきり物を言い、何かと上から目線の態度をとるので敵も多い。

吉水　徹　一九五九年入社。ハンブルクでエムビックス事業を立ち上げる。本社複写機事業課長、エムビックス・フランス社長を歴任。ギョロッとした眼で相手を見据える。一見親分肌だが、実は繊細で責任感が人一倍強く、心に抱えこむタイプ。

涌井忠正　一九五九年入社。エムビックス事業の創成期から隆盛期まで常に中心的存在として活躍。その後ＯＡ機器取引開発のリーダー、窯業資材部長、資材本部長。頭脳明晰な理論派で、自分の意見を曲げずに上司をもやりこめる。商社マンというより高級官僚タイプ。一見融通が利かない堅物に見られ、皆煙たがるが、親しく接してみると印象が一変、その人柄を敬愛し理想の上司と慕う者が多い。酒豪。ゴルフ・麻雀は下手。

大島伸二　一九七一年入社。光機資材部の生え抜き。槇山のあとにエムビックス国内販社に出向。その後生活事業グループへ移りジャカルタ、台北に駐在。優しい人柄で気を使い過ぎて、いつも他人の尻拭いをさせられる。槇山が遊ぶ時は、なぜかいつも大島が一緒にいる。

斉木敏彦　一九七二年入社。吉水複写事業課長のもとで薫陶を受けた。エムビックス・UK社長のあとは生活事業グループへ。多少とぼけたところがあるが仕事はできる。若くして英国で苦労したためか、内面は屈折したところがある。

川重　毅　一九七四年入社。吉水のもとエムビックス第二世代として槇山、斉木とともに三人トリオと呼ばれる。ハンブルク、ニューヨーク駐在。公私にわたり槇山と行動をともにしてきた。広島の山猿と揶揄されるが、カラオケ大好きで井上陽水、矢沢永吉の曲を歌いこなす。

和光久志　一九七五年入社。ポルトガル語学研修生を経て木材部から移籍。エムビックス事業を支えてきた第三世代の代表。槇山と同じく五年間ミラノに駐在。帰国して情報機器部に戻り、槇山の苦闘時代を支える。好男子で貴族的な雰囲気があり、女性にはもてるが、心の狭い上司の嫉妬を買いやすい。

高垣　守　一九五二年に大合同前の三星商事に入社。ドイツ三星商事社長、光機資材部長として吉水徹、涌井忠正を育てる。三星商事本社副社長。大陸の哲人の様な風貌で飄々としているが、出張前にレポートが出来上がっているという逸話があるほどに頭はシャープ。

北山顕一　一九四八年に大合同前の三星商事に入社。エムビックス事業揺籃期の光機資材部長。その後ハンブルク支店長。定年退職後はコナタ社に移りエムビックス・フランス社長。ダンディーで、その人柄の良さで多くの人に慕われる。先妻を亡くしたあと、一年も経たずして再婚し皆を驚かせる。

佐賀圭二　一九五二年入社。涌井の後任としてエムビックス・インター社長。その後光機資材部長、資材本部長。小柄ながら傲然たるところがあり、リトルジェネラルと揶揄された。人事権を握って社内ポリティックスを好むところあり。

戸村浩一　一九五二年入社。国内販社丸ノ内エムビックス（一九九〇年にスターオフィス社と改名）を立ち上げた。光機資材部長。定年後コナタに転籍したあとも三星商事のエムビックス事業を陰で応援し、苦闘する槇山を気遣う。根っからの商売人で、理論派の涌井とは真逆のタイプ。

伊能和彦　一九六一年入社。情報機器部（旧光機資材部）がIT産業グループに移籍後の初代部長。その後槇山の後任でエムビックス・UK社長。男は寡黙で範を示す、という典型的タイプだが、IT産業グループのめまぐるしい動きと社内ポリティックスに翻弄される。

竹下正明　一九六五年入社。光機資材部のエース。OA機器開発に尽力。エムビックス・インター副社長から帰任して情報機器部長に就任。小柄で頭脳明晰。リーダーというより参謀タイプ。変革と決断を求められる難しい局面に巡りあったことが不運であった。

内垣　誠　一九七二年入社。仏国三星商事勤務。エムビックス・フランス副社長。仏語堪能でおしゃべり。温厚で争うことを好まない。

中川　毅　一九七六年入社。エムビックス・インター社勤務。槇山が英国から帰国した当時の部下。民用機器部に移され四〇歳で退社。

渡守直哉　一九八二年入社。槇山の部下。エムビックス・インター社勤務。帰国子女で思考回路はドイツ人。四一歳で退社。

柳本篤史　一九八二年入社。槇山の部下。一貫してエムビックス、ＯＡ機器を担当。中国語研修生となりその後上海駐在。槇山の下で夜の宴会係。四三歳で退社。

《三星商事　ＩＴ産業グループ》

岩谷次郎　一九五二年に合併前の三星商事に入社。非鉄部門出身。英国三星商事社長、帰国してＩＴ産業グループ担当副社長。英国仕込みの温厚な紳士だが粘着質で細かい。一時は三星商事社長候補にもなった。

駒村　巌　一九五八年入社。船舶海洋部。ヒューストン支店長。ＩＴ産業グループに移って取締役、常務、専務。禿げ入道の風貌から「ハゲ駒」と親しみを込めて呼ばれる。豪快に見えるが細かく、人の好き嫌いが激しい。理屈より自分の勘が優れていると思っている。

柏原有徳　一九六二年入社。航空機部出身。ＩＴ産業グループで宇宙航空機本部長。その後米国三星商事社長。三星商事社長候補にもなった。政財界に顔が広い。親分肌で気が短い。

後藤　豊　一九六二年入社。非鉄部門出身。ニューヨーク駐在。電子事業本部長として情報機器部を管轄する。親分肌タイプで慕う部下も多い。政策方針を出すのは不得手。三好鉄生の歌を好む別名「カラオケ本部長」。

西浦常雄　一九六二年入社。電機部出身。カタール国ドーハ駐在。取締役通信事業本部長。会議などでのプレゼンテーションがうまい。取引方針は大手通信会社と大手電力会社一辺倒。人格的に歪みがあり、アルコールが入るとそれが顕著になる。

富田俊一　一九六五年入社。電機部出身。ブエノスアイレス駐在。半導体部からエレクトロニクス機器部長。一見温厚だが腹の内は読めない。仕事に情熱を燃やすタイプではなく、麻雀、ゴルフに精を出す。己のアルゼンチン三星社長就任を画策し、奔走する。

《三星商事　他部署》

石川　昇　一九六五年船舶海洋部が発足した時に三星海運より移籍、槇山入社時のインストラクター。五六歳で船舶関連のアイタック社設立。公私にわたり槇山を教育指導。決して人の頼みを断らず上下から慕われる。四二歳まで独身を謳歌して昼に夜にと活躍。

棚橋晋吾　一九四七年合併前の三星商事に入社。マニラ支店長、船舶海洋部長。英国三星商事社長。本社に戻って、副社長、社長、会長。豪放磊落に見えて繊細。「タナさん」と皆から慕われる。吉水徹の義兄。サッカープレイヤーで漢学の大家。

大松昭一　一九五二年入社。水産部出身、イタリア三星商事社長。本社に戻り五六歳で死去。斜視気味で入道の風貌。正義感が強く包容力がある。酔うと初代若乃花の沖仲仕時代の苦労物語を身振り手振りで語る。

《コナタ株式会社》

井田恵一　一九四九年入社。六〇年代のコナタ経営危機を生き抜き、若くして取締役になり五六歳で社長となる。小柄ながら強烈な個性で長きに亘りコナタに君臨。酒を飲んでは若手を指導。英国王室との晩餐会でも片言の英語で堂々としていた。

米村典範　一九五一年入社。八王子工場長、欧州総支配人、常務情報機器本部長。井田を継いで社長となり本命の赤松富次までつなぐ。品質管理の第一人者でデミング賞受賞。経営者としては決断力がなく、全てに逃げの姿勢。かつてのコナタ経営危機時代の経験で三星商事に屈折した心を持つ。

赤松富次　一九五六年入社。長い間井田恵一の部下。企画畑が長い。取締役、専務を経て、既定路線として社長就任。情報機器企画部時代に三星商事の涌井忠正と渡り合う。性格的に暗くて周囲と距離をおく。

岩見文男　一九六二年入社。八王子工場にてＰＰＣ高速機開発。取締役情報機器本部長、専務。赤松の後任社長。エンジニアにしては柔軟すぎて、いつものらりくらり。そこでついた綽名が「ウナギの岩さん」。二〇〇三年にオペルタとの合併を主導した。

落下敏和　一九五六年入社。初代の複写機貿易部長。その後常務。三星商事の吉水徹とタッグを組んでエムビックス事業を発展させる。身体は大きいが細心。コナタ社内では三星商事との緊密な連携を最後まで主張。槇山のエムビックス・UK社長就任は落下の要請による。

沢浦明男　一九六七年入社。コナタ米国販社を軌道に乗せた実力者。本社に戻り貿易部長、その後常務。コナタ社員には珍しくはっきりと物を言い諾否の態度を明確に示す。三星商事を頼らぬコナタ自立派の中心人物。

山根尚一　一九七九年入社。コナタ経営危機も過去となった花の七九年入社組の一人。槇山がエムビックス・UK社長時代の唯一の邦人部下。三星商事とコナタの合弁事業の意義を理解し槇山によく仕え、四年間槇山と公私をともにする。自我をおさえて行動は慎重。

《その他》

広田興忠　槇山の親友。大学三年の政治学ゼミで一緒になる。日本産業銀行に入行し、ドイツ語学研修生、ドイツ産銀勤務でフランクフルトに三度駐在。槇山のイタリア、英国駐在時期といつも重なり、二人は欧州内で始終行き来をする。九州の名家の末裔で代議士の四男。お坊ちゃんタイプだが教養に溢れ誰にでも好かれる。槇山とは常に励まし合って生きてきた。

第一章　訃報

一九八〇年六月二九日、日曜の朝であった。サイドテーブルの電話が鳴り始めた時、槙山純平はまだ眠りの中にいた。「今日は確か日曜だったかな」と寝ぼけた頭を上げて、目覚まし時計を眺めると、ちょうど六時五〇分を指していた。

ここイタリアミラノと東京との時差は七時間だから、国際電話にしては妙な時刻だなと嫌な予感を覚えながら受話器を取り上げた。

「もしもし……槙山さん？　ＵＫの斉木です。朝早くから申し訳ありません、実はエムビックス・フランス（ＭＢＩＸ・ＦＲＡＮＣＥ）社長の吉水徹さんが昨夜亡くなられたとのことです、三星ハンブルク支店長の北山さんから連絡がありました。葬儀は七月三日に現地パリで執り行うそうです……」

その後の斉木の声はほとんど涙声であった。

電話が終わって茫然としている槙山に、横で聞いていた妻の直子はベッドから身を起こした。

「吉水さんはどうして亡くなったの！　確かまだ四三歳でしょう?」

「心臓発作のようだ」と槇山は答えてそのままベッドに倒れこみ、顔を埋めて〈どうしてなんだ！〉と心の中で叫びながら、枕を叩き続けた。

「よりによって今日はあなたの誕生日よ！　なんていうことなの……」と直子は横でつぶやいた。


七月二日の朝、槇山はドゴール空港に向かう機上にいた。イタリア三星商事社長、大松昭一の了解を得て、パリのペール・ラシェーズ納骨堂で執り行われる吉水の葬儀に参列するためである。イタリア三星商事駐在員の中で一番若い槇山に目をかけてくれている大松は、日頃槇山が慕っていた吉水の葬儀への参加を、一も二もなく了承してくれた。

昨夜もよく眠れずパリ到着前に少し仮眠をとらなければと思いながらも、疲労の中で頭だけが澄み渡っている感じである。

槇山が吉水と最後に会ったのは、二ヶ月前の西独ハノーヴァー・フェア見学のためにハンブルクに出張した際である。いつものように欧州各地のエムビックス販売会社の代表者が集まって会議を開いたが、その席上でも隣に座る吉水がかなり心労を募らせているように見受けられ、槇山なりに心配をしていた。

会議を終えた日の夕刻、ハンブルク空港の待合室で、それぞれがミラノ便、パリ便を待つ中で槇山が吉水と話をしたのは二〇分もなかったが、その短い間に、槇山は伊国の複写機ディストリビューター、ＦＯＴＯＲＥＸ社のジェッケレ社長との葛藤、またイタリア三星商事社内での僻み妬みを縷々と話した。いつも的確なアドバイスをくれる吉水だが、その日はよほど疲れていたのか、あまり反応もなく、槇山も少し身勝手に喋り過ぎたと口をつぐんだ。

しかしパリ行き搭乗案内があり、吉水は椅子から立ち上がると言った。

「槇山、老子の言葉に『天網恢恢疎にして漏らさず』というのがあるけれど、俺はこれが好きなんだ」

「なんですか、それ?」と槇山はきょとんとして尋ねる。

「人生は長いようで短い、いろいろなことが眼の前に立ちはだかってくるね。当たり前だが、客観的に何が真実なのかを見極めて誠心誠意、事にあたることではないかな。王道を外せば、必ずその報いがあとで来ると思う。すぐにも結果を求めて安易な手段に訴えたり、裏をかいたりすることは、結局あとでほころびが出るよね。三星商事でもいろいろな人間がいるけれど、生き残っている人は公正無私で率直で、自分を客観的に捉える人が多いよ」

歌舞伎役者のような顔立ちとギョロッとした眼を持つ吉水が、突然人生訓のようなことを言いだすので、槇山は戸惑って相槌も打てなかった。

別れ際には、いつもの人懐っこい笑みをうかべて、

「槇山の住む世界では、取引先にも社内にも奇人変人が多いようで大変だね。君もあまりカリカリし過ぎてストレスを溜めないことだ」

「ありがとうございます。肝に銘じて頑張っていきます。吉水さんも、たまには息抜きにミラノに来てください。美味しいイタリア料理店に御案内します」

「ミラノは赤い旅団のテロ集団がいて怖いけれど、君がエスコートしてくれるなら安心だな。一度君の家族にでも会いに行くか！」

手を軽く挙げてそのままゲートを越えていく吉水の後ろ姿を槇山は長い間見続けていた。

一九七五年に三星商事が仏国の複写機販売会社を買収して、社名もエムビックス・フラ

ンスと替えて経営にあたってきたが、毎年一億円を超える赤字を計上していた。エムビックス事業は、三星商事資材本部の将来を担うだけに、同社の経営立て直しが緊急かつ最重要の課題であった。本社から助っ人を派遣したり、フランス人幹部を採用したりしたものの好転せず、最後の切り札として吉水徹が一九七九年暮れにエムビックス・フランス社長として赴任した。その後吉水のもとで人員整理、直販網の整備などを行い少しは好転の兆しが見えてはきたが、メーカーのコナタ社より肝心の小型複写機の開発が遅れ、今回のハノーヴァー・フェアでも競合会社に比べ精彩を欠いたブースになってしまった。フランス複写機市場は小型機需要が中心のため、それだけ吉水のエムビックス・フランス社再建への苦労も大きい。

そもそも欧州でのコピー機販売、エムビックス事業は、一九七一年当時に独国三星商事ハンブルク支店資材課の吉水が現地担当者として開始した事業である。

いわゆる普通紙を使うコピー機、ＰＰＣ（Ｐｌａｉｎ Ｐａｐｅｒ Ｃｏｐｉｅｒ）の日本での普及が始まったばかりの頃である。

ＰＰＣの歴史は一九三八年にチェスター・カールソンがその原理を発明したことに端を

発する。そしてハロイド社とバッテル社との協業にて、一九四八年に世界で最初のＰＰＣが発表された。その後ハロイド社はセレックス社と名前を改め、一九六〇年にモデル九一四を発売した。これが爆発的に市場へ浸透し、その後一〇年に亘るセレックスの独占時代を築いた。

日本でも大和フィルムと合弁で大和セレックス社が設立され、大企業を中心に日本のオフィス複写機市場を席巻していった。

従来の日本の複写機市場は、マイコー社の「マイコピー」に代表される感光紙使用のエレクトロファックス方式が主流であったが、セレックス方式のＰＰＣには、コピー画質とランニングコストの面でとても太刀打ちができるものではなかった。

国内では光学メーカーを中心にこのＰＰＣ市場へ参入すべく研究開発は続けられていたが、一九七〇年の基本特許切れを契機に、コナタ、カノン、マイコーが次々とＰＰＣの商品化を発表し市場に参入した。いわゆる販売のマイコー、技術のカノン、輸出のコナタと言われた国内三強メーカーの出現である。

コナタは元々カメラとフィルムを主要商品とし、国産初のカラーフィルムを市場に送り出した老舗メーカーであり、一八七三年の創業から一貫して景浦一族による同族経営を続けてきた。しかし後発の大和フィルムに押され、遂には一九六七年に無配に転落した。この経営危機を救うべくメインバンクの三星銀行、平和銀行、そしてカメラとフィルムで取引のある三星商事が、それぞれ五％の出資をし、役員も派遣してコナタの経営改革を支援した。

カメラとフィルム・印画紙を主要商品にしていたコナタの経営は、大阪万博の際のようにカメラブームが起きれば絶好調、ひとたび雨が降れば倉庫に在庫が溢れる、という不安定な状態であり、「全天候型企業」に転換すべくもがき続けていた。

このような経営再建の過程で懸命に研究開発を進めてきたのがＰＰＣ複写機である。

そして一九七一年一月に国産初のＰＰＣ、エムビックス四八〇（Ｍ‐ＢＩＸ４８０）が誕生し、その美しいコピー画質の再現性から、瞬く間に市場に浸透していった。ちなみに『エムビックス』とは、コピー画質がどこまでもあでやかで美しくあれと、『艶美を尽くす』という開発者の心意気を込めて命名されている。

日経新聞に掲載されたコナタの「エムビックス」の発表記事は、当時コナタ製カメラの欧州向け取引に関与していた独国三星商事ハンブルク支店の中本支店長の目にとまった。

中本は、商社としての川下戦略、いわゆる自前での直販網の構築なくしては総合商社の未来はないと、常々考えていたので、この記事を読むや否や、同支店の資材部門担当者吉水徹を支店長室に呼び、直ちに三星商事本社に、コナタ製エムビックス四八〇の輸出を要請するよう指示をした。

こうして一九七一年八月に三星商事とコナタは、欧州向けエムビックスＰＰＣの独占販売基本契約に調印、三星商事ハンブルク支店は、まずはハンブルクとデュッセルドルフの二拠点に営業所を設けて企業への直販から始めた。

初めてハノーヴァー事務機フェアに出展したエムビックス四八〇は、紙が機械の中で焼け、煙を出し消防車が出動するハプニングもあり、また機械本体の信頼性が低く、すぐ紙詰まりを起こすなどして、販売開始からトラブル処理に日夜追われた。三星商事本社側では、信頼性の低いコナタ製複写機を、販売会社まで設立して直販をするのはリスクが高すぎるのでは、という懸念の声も出始めた。

しかしその苦境にもめげず、ハンブルク支店の中本支店長、担当の吉水徹は、不退転の決意で総合商社の新しい川下戦略にチャレンジしていった。

エムビックク四八〇は技術トラブルが絶えなかったものの、従来のＰＰＣを格段に上回る素晴らしい画質が評判となり、直ちに西独マーケットに浸透し、さらには欧州各地から引き合いが絶えず、北欧、中欧、南欧各国、計一二ヶ国と次々にディストリビューター契約を結んで販売を伸ばし、欧州市場で瞬く間にＰＰＣの覇者セレックスの牙城に食い込んでいった。

独国三星商事ハンブルク支店に於いて本取引は、二年後の一九七三年には八〇〇万ドルまで急成長するが、多数のセールスとサービスのプロフェッショナル集団を抱えるエムビックス部門は、従来の取引形態とは著しく異なることから、ハンブルク支店から切り離した独立会社による運営が望ましい、との声が社内で高まっていった。

このような経緯を辿って一九七三年一〇月に三星商事本社の常務会にて、西独ハンブルクに「エムビックス・インターナショナル社」の設立、また同時に英国のロンドンにも「エムビックス・ＵＫ社」の設立が承認された。

エムビックス・インター社は、設立当時は、吉水社長以下、従業員一二〇名でスタートしたが、ハンブルク、デュッセルドルフに加え、シュトゥットガルト、フランクフルト、ベルリン、ミュンヘン、と次々と営業所を設け販路を拡大していった。

このようにエムビックス事業で大きな成功をおさめた吉水徹の存在は、欧州のみならず三星商事本社でも知れ渡ることとなり、一九七四年四月に資材本部光機資材部複写事業課長として本社に帰任する。

この吉水の後任としてエムビックス・インター社長に就任したのが吉水と同期入社の涌井忠正であり、エムビックス・UK社長の加藤一樹とともに、エムビックス三羽烏と称せられ事業の発展を牽引していくこととなる。

一方、三星商事本社では、この欧州での成功をバネに欧州以外の市場開拓を進め、東南アジア、中近東、アフリカを三星商事の商圏として、台湾から始めて次々にディストリビューターを決め、一九七八年までに二二ヶ国に展開していった。

日本市場は一九七一年以降、コナタ、カノン、マイコーがセレックス独占市場を侵食する形で動いていたが、コナタは提携先コピア社の販売網を失った上に、小型機開発に出遅れて苦戦を強いられていた。そこでコナタから三星商事に、大手企業向け販売への協力要請があった。これに応えるべく三星商事は一九七四年に「丸ノ内エムビックス」を設立し、自前のセールス・サービス人員を擁して、まずは千代田区内の大手企業への直接販売を開始した。

こうしてエムビックス事業は一九七〇年代前半から、三星商事資材本部の中核ビジネスとして位置づけられるだけでなく、全社的にも総合商社の川下戦略の成功モデルとして注目を浴びることとなった。一九七五年から人事部主催の駐在員海外赴任前研修のカリキュラムに、海外ビジネスの成功例としてエムビックス事業が取り上げられた。事業の誕生とその後の歴史の中で、この創生期の、もがき苦しみながらも皆が眼を輝かせ自信をもって未踏の分野にチャレンジしていく姿は、人々を魅了したのであった。

第二章　葬儀

　ドゴール空港に到着した槇山純平は、そのまま吉水宅にお悔みに伺うべくタクシーに乗り込んだ。

　吉水徹は昔から住まいにはこだわる方で、パリ中心から七キロ西の高級住宅地ヌイイ・シュル・セーヌのマンションに、妻晴子と一五歳になる一人娘純子と暮らしていた。昨日槇山が電話で仏国三星商事資材課の内垣誠と話してわかったことだが、三週間前から吉水の両親が東京から旅行に来ていて、吉水の住んでいるマンションをベースにしてフランス各地を訪れていた。吉水が倒れた六月二八日は、パリに滞在していたとのことで、槇山は両親のショックを慮ると、なんともやりきれない思いで、タクシーの窓外に走り去るパリの古ぼけた街並みを眺めていた。

　槇山が吉水宅に到着したのは午後二時を回ったところで、既に欧州三星商事幹部と欧州エムビックス事業責任者が揃っていた。欧州三星商事社長兼ロンドン支店長の棚橋晋吾、仏国三星商事社長の松田和夫、独国三星商事ハンブルク支店長の北山顕一、エムビックス・UK社長の斉木敏彦、仏国三星商事資材部の内垣誠、である。

一五畳もあろうか、大きな応接間に、晴子夫人を中央にしてそれぞれが静かに座っている。槇山は最後に到着したことを心の中で恥じながらも着席して右横を見ると、首をうなだれた老人に気がついた。

『あっ、そうか吉水さんの父上だ！』槇山は慌てて首を低くして言った。

「このたびはなんと申し上げたら良いやら……お悔み申し上げます」

吉水の父は初めて顔をあげ、槇山に向かって弱弱しく黙礼をした。吉水は四三歳で死去したのだから、父は七〇歳前後のはずだが、槇山にはすっかりやつれた八〇歳の老人に映った。

皆が揃ったということで、晴子夫人から吉水が倒れた時の経緯説明があった。

六月二八日は土曜でもあり吉水は自宅で寛いでいた。午前一一時頃バスルームで物が倒れるような異常な物音がしたので、一五歳の娘の純子が見に行くと、吉水が床に倒れていて既に意識がなかった。晴子夫人は直ちに救急車を呼んだが、その到着後に死亡が確認された。心筋梗塞だった。

最近吉水は極度の心労からなかなか寝付けず、毎晩かなりの量のヘネシーを飲んでいて、休日には昼間からブランデーグラスを傾けていた。見兼ねた愛娘の純子が、そっとボトルを隠してしまったこともあったという。

晴子夫人が一五分ほど淡々と吉水の最後の朝の模様を語っている間、皆は口を挟まず沈痛な表情で聞き入っていた。

槇山は、つい三年前までは、東京で毎日吉水課長の横に座って仕事をしていただけに、吉水が豪快に見えて実は大変繊細で、責任感が人一倍強いだけにストレスも並大抵ではないことをよく知っていた。さほどアルコールに強くない吉水がブランデーグラスを右手に、この応接間でじっと椅子に蹲る姿を想像すると、怒りと悲しみが込み上げ、震える拳を握りしめていた。

その後出席者は、仏国三星社長の松田を中心に明日の葬儀の段取りの打ち合わせに入ったが、槇山は葬儀に参列するだけで、何かしらの役割もないので、皆の打ち合わせを横に、吉水課長時代の懐かしい時代に思いを馳せていた。

その時突然、隣の吉水の父が、それこそ消え入りそうな小さな声で槇山に話しかけてきた。

「吉水の父の誠一ですが、お忙しいところお越しいただきありがとうございます」

「とんでもありません、お父様の御悲しみを思うと心が張り裂けそうです。私は槙山純平と申します。現在はイタリアのミラノにおりますが、東京では吉水さんのもとで仕事をしておりました、まことに残念で仕方がありません」

吉水誠一は少しだけ顔をあげて槙山を見た。槙山はさらに続けた。

「たまたま御両親がパリに御滞在中に逝ってしまうとはなんという運命なのでしょう、お悔やみを申し上げる言葉もみつかりません」

それから吉水誠一は槙山に気を許したのか、そろりそろりと、しかし相変わらず消え入りそうな声で、三週間前に妻の恭子と欧州旅行に来たこと、そして息子、吉水徹のパリの住まいであるここをベースに、フランスその他周辺国を観光してきたことを話し出した。ちょうど三日前にパリに戻ってきたとのこと。

「五年前の夏にもハンブルクの徹の住まいに夫婦で滞在したんですよ。その当時、徹は時間があると自分から地図を広げて、ここの教会には有名な絵がある、あそこの運河の先には美味しいレストランがあるから昼食をとったらいいよ、と本当にいろいろ親身に教えてくれたんですよ、それがここパリでは……」

ここまで言うと、吉水誠一は彼の左に座っている妻の恭子を気遣う仕草を見せて一旦言葉を切った。恭子は我々の会話を聞いているのか否か、すっかり憔悴して下を見つめているばかりであった。

誠一はしばし間を置いたあと、再びか細い声で槇山に語りかけた。他の人たちは相変わらず明日の列席者の確認などで忙しく、二人の会話に耳を傾ける者はいなかった。

「我々がパリに来てみると、徹は片時も心配ごとが頭から離れない様子で、妻がマイセンの食器の話をしても、私がオペラに行った時の感激を話しても何かうわの空で……」

誠一は一瞬顔を上げて、今にも泣きそうな顔つきで槇山を見つめ、そして再び下を向きながら言った。

「徹は会社に殺されたようなものですかね……」

槇山はその激しい言葉に驚きたじろぎ、誠一の横顔を凝視した。幸い周囲で気づく者はいなかったが、改めて息子を失った父親の無念の深さが思いやられた。返す言葉がなかった。

槇山は改めて吉水のエムビックス・フランス社長就任に至る経緯を思い起こした。

『ＵＴＭＢの再建途上の仕事で十二指腸潰瘍となり、体調を崩し帰国した吉水さんを、再びパリに赴任させることについては、確か資材本部でも躊躇したとのことだが、彼が是非再チャレンジさせてほしいと申し出たと聞いている。また彼ほどの適任者はいなかったはずだ。お父様の無念はわかるが、これは我々エムビックス事業発展の過程で起きた悲劇として理解するしかないのではなかろうか』

エムビックス事業の発展はドイツと英国の両販売会社が主導してきたが、フランス市場におけるエムビックス事業は苦難の歴史である。

ＵＴＭＢ社は、元々フランスのディストリビューターであった。その後、同社ペイン社長の放漫拡大経営が行き詰まり、一九七五年に三星商事が五〇％の出資をし、三星本社、仏国三星商事から人も派遣して再建に取り組んだ。しかし、内部体制の混乱は続きペイン氏のワンマン経営は改まらず、派遣された邦人との意思疎通もなく、採算無視の販売が続いた。加えて未回収売掛金も増大の一途をたどり、まさに危機的状況にあった。

遂に一九七七年に三星本社複写機事業課長の吉水徹がパリに長期出張で乗り込み、事態の打開を図ることとなった。しかし最後の切り札であった吉水も悪戦苦闘の末に、六ヶ月後に十二指腸潰瘍で体調を崩し帰国することとなる。

結局、三星商事がペイン氏から株を買い取り、彼を追い出した。欧州エムビックス事業が隆盛の中で、このフランス市場での躓きを契機として、欧州エムビックス販売事業へコナタの資本参加を要請するべきとの議論が出てくるのである。

三星商事資材本部の幹部の中で、このエムビックス事業は、本来メーカーのやるべき仕事で商社の行うべき業務を超えている、この際コナタ主導の体制に改めるべきである、というリスクヘッジ的考えが高まっていった。

確かに、三星商事に限らず、当時の総合商社では、相変わらず輸出入の水際取引を中心としており、川下におりて直接販売事業を展開することは稀なケースであった。まして海外においてである。当時の本社複写事業課長は、ハンブルクのエムビックス・インターナショナル社長から帰任して吉水のあとを引き継いだ涌井忠正である。彼はこの欧州販売事業は、三星商事単独で、もしくはマジョリティをもって行うべきであると一貫して主張し続けた。この販売事業こそ重厚長大取引中心の三星商事に於いて、小回りの利く資材本部が最も得意とする分野であり、中長期的に販売会社の経営を担える人材を育成して取り組むべきである、リスクはあるがチャレンジなきところに商社の明日はない、という彼の強い信念に裏付けられていた。

既に日経新聞などで総合商社は『商社斜陽論』『商社冬の時代』などと取り上げられ、産業構造が変わりゆくなかで、新しい役割と機能を懸命に模索していた時代で、涌井の主張は正鵠を得ていたのであろう。一年間の資材本部内の討議の中で、涌井は、ある時は涙を流しながら持論を上司の光機資材部長高垣守に訴えたが、最終的にはリスクヘッジの考えで欧州三社を一括して、コナタに株のマジョリティ七〇%を売却する方針が出された。一九七八年七月の三星商事常務会承認を経て、三星商事とコナタの間で合弁基本契約書が締結された。内容はUTMB社の累損は全て三星商事で消去した上で、独、英、仏の三販社の持ち株七〇%を合計一三億円で譲渡する、というのが骨子であった。コナタ資本参加後の二年間での独、英の二販社の利益が、ほぼこの買収金額に相当することを見ると、コナタ社はいかに安い買い物をしたか、三星商事はUTMB社の経営悪化でいかに売り急いでいたかということがわかる。

コナタに資本参加をさせるか否かで欧州を巻き込んで大議論が起きている渦中で、当時の資材本部長が、三星商事ロンドン支店長、独国三星社長、ハンブルク支店長、仏国三星社長宛てに発したエムビックス事業に関する社内公簡に、次のように書かれている。

『メーカーの商品開発力、生産能力、価格政策など、吾社の手の届かぬ分野に左右され吾社にとってはリスクコントロールができない。長期的に安定成長せしめるためにもメーカー主導型に持っていく方針である』

これが当時の三星商事資材本部の主流の考えでもあり、また限界でもあった。

涌井、吉水などは、三星商事がもう一歩メーカー側に踏み込んで手の届くようにしていこうとする立場であったが、総合商社そのものの将来に不安を抱く環境下で、リスクヘッジに重きを置く経営姿勢が主流の中では、彼らの意見は少数意見として留まるしかなかった。

一九七九年より欧州エムビックス事業は、コナタ社の資本参加により第二フェーズへと入っていく。コナタ側の要請もあり欧州販社のトップは、相変わらず三星商事からの出向者が占めていた。UTMBから名称を変えたエムビックス・フランス社の社長には、前任の加藤一樹を引き継ぐ形で、一九七九年一二月に吉水徹がパリに赴任した。三星商事としては、エムビックス・フランス社の再建こそが、欧州エムビックス事業の浮沈を左右するという認識で、『ミスター・エムビックス』の吉水に託したのである。

しかし、それは半年後に彼の突然の死去という結果に至ってしまった。

槇山は半ば眼を閉じて、ここ三年ほどのエムビックス事業のドラスティックな変遷に思いを馳せていたが、ふと横を見やると、口をつぐんで再びうなだれて下を見つめている吉水の父、そしてその横にハンカチで鼻元を押さえ、声もなく泣いている母の姿があった。槇山も胸を突き上げる悲しみを懸命に抑えながら眼をつぶった。


七月三日の朝、吉水徹の葬儀に向かうべく、槇山と斉木が宿泊しているホテル・ロイヤルサントオノーレに、仏国三星商事資材課長の内垣誠が彼の車シトロエンで迎えに来た。葬儀はパリ東部のペール・ラシューズ墓地の納骨堂で九時より執り行われる。ちょうど朝の出勤時刻で混雑していたが、内垣はフランス人顔負けの巧みな運転で、一路パリ二〇区にある葬儀場を目指していく。この日は今にも雨が降りそうなどんよりとした天候で、槇山はしばらく車の窓から何を考えるでもなく、ただ薄汚れた町並みが走り去るのを眺めていた。隣の斉木も何を思っているのか、無言で前を見つめていた。槇山は気を遣って内垣に話しかけた。

「内垣君、吉水さんが亡くなって今日の葬儀まで本当に大変だったね、ご苦労様。日本と違ってこちらで葬儀場を手配するのは、容易なことではなかっただろうね」

内垣は元来話好きな優しい男である。東京でもパリでも吉水の直属の部下ではなかったが、仏国三星商事の邦人では最も流暢にフランス語を話し、資材部門の木材取引担当である。槇山が話しかけたのを機に、今回の一連の動きを縷々話してくれた。特に葬儀場を手配するのに大変な苦労があったとのことである。

「フランスではまだ土葬が主流で火葬は一〇％にも満たないのです。それで仏国三星商事では松田社長以下幹部が駆けずり回って、このペール・ラシューズ墓地の納骨堂を押さえたんです。ところがこれが大変由緒のある墓地だということがわかりましてね、フランスの文化や歴史に名を残した著名人が埋葬されていて、世界で最も訪問客の多い墓地と言われているのだそうです。まずは有名なショパンでしょ、それにエディット・ピアフ、イヴ・モンタン、マリア・カラスでしょ。古いところではシラノ・ド・ベルジュラック、それにレ・ミゼラブルのジャン・ヴァルジャンも埋葬されているとのことで……」

内垣の話は尽きることがなかったが、槇山は彼の運転が散漫になるのではないかと気が気ではなかった。

槇山と斉木がペール・ラシューズ墓地の納骨堂に到着した時、参列者の多くは既に着席しており、急いであらかじめ指定されていた二列目に着席した。最前列には、晴子夫人、娘の純子、吉水の両親、そして棚橋欧州三星商事社長夫妻、松田仏国三星商事社長、北山ハンブルク支店長が着席していた。棚橋の妻は吉水晴子の姉にあたることから、吉水と棚橋は姻戚関係にあった。二人とも敢えてそのことには触れていなかったので、三星商事社内でこの姻戚関係を知る者は少なかった。槇山は入社当時に配属された船舶海洋部に棚橋が部長代理として在籍していたこともあり、この姻戚関係のことは熟知していた。

四月のハンブルクでの会議のあとに　ヒルトンホテルのバーで吉水たちと飲んでいた時に、槇山は尋ねたことがある。

「吉水さん、パリに赴任してからロンドンの棚橋さんには会いに行ったのですか？」

吉水は恰好をつけるように言った。

「向こうは向こう、こっちはこっち、いくらあっちが欧州の総大将だからといって出向くこともないよ。むしろ姻戚関係だとかえってやりにくいもんだよ」

「そんなこと言っても、今はエムビックス・フランスが苦境にある時だけに、じかに会って状況報告した方がいいのではないでしょうか？」

「うーん、そう言われればそうだな。近いうちにロンドン見物も兼ねて一度訪問してみるか」

結局は、それも実現しないままに吉水は亡くなってしまった。

昨日、槇山が吉水邸を辞去する際に、この件で棚橋から声をかけられた。

「槇山君、久しぶり。わざわざミラノから来てくれたのだね」

「大変ご無沙汰しておりました。こんなところでお会いするなんて……吉水さんも一人で思い悩まないで、棚橋さんを訪問して少しでも気晴らしをすれば良かったのですよ」

「エムビックス・フランスの経営状況は、常々気にはなっていた。でも立場上、俺の方からあいつをロンドンに呼び出して状況説明しろとは言えなかったし……。今更こんなことを言っても仕方ないな、明日の葬儀で粛々とあいつを送ってやろうじゃないか」

いつものがらっぱちな言葉遣いの棚橋だが、槇山はその中に彼の深い悲しみを感じ取った。


葬儀は九時に始まった。エムビックス・フランス社と仏国三星商事共同での社葬である。葬儀委員長は、エムビックス・フランス副社長のデマルホフと仏国三星商事社長の松田が務める。

哀調を帯びたオルガンの奏でる中、牧師の祈りから始まり、デマルホフ、松田と弔辞が続く。そして来賓を代表してコナタ欧州総支配人、米村典範が弔辞挨拶に立った。米村はエムビックス事業立ち上げから一貫してコナタ社側の責任者であり、エムビックス貿易部長、八王子工場長、事業本部長を歴任し、このたびのコナタ資本参加後に欧州の総責任者としてハンブルクに赴任したばかりである。なかなか腹のうちを見せないところがあり、かつてのコナタ経営危機の際には三星商事の支援を受けた世代でもあるので、何かと三星商事には屈折した心をもっている。しかし、エムビックス事業発展という一つの目的に向かって、吉水、涌井、槇山、斉木などとは会社の垣根を越えて、熱く議論をし、ともに戦ってきた。その彼が、ハノーヴァー・フェア初出展でのハプニングや、その後の吉水の活躍を語り始めると、槇山の閉じた瞼の裏に、往時の吉水が会議の席上で大きな眼をギョロつかせて熱弁を振るう姿が、まざまざと浮かんできた。

異様なこもり声に、ふと横を見ると斉木が嗚咽している、下を向いて両手を膝の上で握りしめ肩を震わせている。吉水と最初から複写機事業課を立ち上げてきた斉木だけに、その胸中はいかほどか……槇山も溢れる涙をこらえきれなかった。

第三章　ミラノ狂想曲

一九七七年三月二八日朝、槇山純平はミラノ・リナーテ空港に向かう機上にいた。イタリア三星商事に赴任する槇山は、昨夜ＪＡＬ便で羽田を出発し、アンカレッジ経由でロンドン・ヒースロー空港に到着、その後アリタリア便に乗り換えてミラノに向かった。

羽田を出発して既に二〇時間近く経っている。機内でまんじりともしなかった槇山は、ぼんやりと窓の外に広がるアルプス連峰を眺めていた。急にマッターホルンが眼下に現れ、いっぺんに眠気が覚めた。手を延ばせば届きそうなこの魔の山を見て、過ぎ去りし青春の一コマを思い出した。

四年前に、槇山は研修生としてジェノヴァに住んでいたが、大学時代からの親友、広田興忠は、やはり日本産業銀行の研修生としてフランクフルトで学んでいた。年末・年始を一緒に過ごそうと、二人でスイスのツェルマットに滞在した。元旦には、ペルージャ大学時代の同窓生アンナと、その友人の山岳ガイド、ソフィアに連れられて、マッターホルンの尾根伝いにスキーでイタリアのチェルヴィニアへ国境越えをした。槇山と広田は、新雪にまみれながらも懸命になって彼女たちのあとをついていったのであった。やっとの思いでチェルヴィニアに辿りつき、皆でむさぼり食べたスパゲッティが忘れられない……。

機体がアルプスを越えると、景色が一変し平野が眼前に広がる。さあ一気にロンバルディア平原を下って、ミラノ・リナーテ空港に到着だ。槇山は、過去への感傷に浸る気持ちを振り払い、待ち受ける前途に立ち向かう覚悟を新たにした。

槇山はイタリア語学研修生として二年間をペルージャ、ローマ、ジェノヴァに滞在、その後三年間本社に勤務して、この一九七七年三月二八日に、今度はイタリア三星商事の駐在員として舞い戻ってきたのである。

槇山は二年間のイタリア語学研修のあとは、自分では古巣の船舶海洋部に戻るつもりで、船舶海洋部の方でも受け入れを予定していた。しかしなぜか資材本部窯業資材部に配属された。船舶海洋部の下田次長が、人事部宛て期限の前日に飲み過ぎて申請提出を忘れてしまった、と後日聞かされたが、槇山自身は研修生時代の悪評が災いしたと思っている。元来研修生は現地で深く根を下ろし、勉学に励むことが本分であるが、槇山は当時の欧州三星商事北川社長に訴えて、研修生会議をブリュッセルで催す企画をした。これが社内報「星和」で取り上げられ、本社人事部は、槙山たち研修生が地道に勉学に励んでいるのかどうかと疑った。研修月次報告書でも大学での受講内容の報告というより、当時の政治的な大事件、例えばキリスト教民主党と共産党との「歴史的妥協」について、論評めいたものを長々と書いたのだった。またフィアット八五〇スポーツクーペを駆って、欧州全土を旅行していることが人事部にも伝わっていたのだろう。人事部の山村課長は槙山の自由奔放な研修生活に目をつけ、槙山を戒める意味もあり、敢えて古巣に戻さず弱小の資材本部に配属したようだ。

資材本部は取引単位が小さいだけに、若手も自己責任で業務を任されるので、何事も自分でやりたい槙山には向いていていた。新しい環境に順応し、窯業資材部では朝日ガラス製品の輸出取引に従事する、その後四ヶ月も経たぬうちにイタリア駐在要員を求めていた光機資材部に異動する。同部の北山顕一次長は、将来はエムビックス複写機欧州販社を独、英、仏に次いで伊国に設立する構想を抱いていた。北山の計らいで、槙山はまずは中東向け家電品取引の在庫と未収金の山と格闘して得難い経験を積んだ。さらに六ヶ月後にはエムビックス国内販社、丸ノ内エムビックスの設立にともない、三星グループ各社など大手企業が軒を連ねる丸ノ内仲通りを戸別訪問するセールスマンと化した。それから一年後に漸く吉水徹課長の率いる複写事業課に辿りつく。
イタリア語学研修生から帰国して二年が経ち、仕事に遊びに脂が乗り独身貴族を謳歌していた。ところが社内でミラノ赴任への動きが出てきたので、慌てて見合いを一三回も繰り返し、赴任前の滑り込みセーフで井上直子と結婚したのだった。

ミラノに本社を置くイタリア三星商事は食料出身の大松昭一社長以下、邦人一二名、イタリア人三五名の陣容で、槇山はその中で一番若い部門長となる。彼の下には邦人二名、イタリア人六名がいて、本社資材部門管轄の全商品を取り扱う。木材、カメラ、写真印画紙、ノーカーボン紙、印刷用PS版、タイヤ、ドックフェンダー、セラミック、ガラス製品、石材、靴、ハンドバッグ、皮革製品、額縁、テーブルウエア、陶器、などなど多岐に亘る。その中心をなすのはコナタ製PPCエムビックス複写機である。槇山が赴任した一九七七年度の資材部門売上高は二〇億円、経常利益一億五〇〇〇万円、帰国した一九八一年度は売上高四〇億円、経常利益二億五〇〇〇万円、常にイタリア三星商事全体の総利益の五〇％から七〇％を稼ぎ出し、同社の黒字化に貢献し続けた。そして資材部門の利益のほとんどをエムビックス複写機取引が生み出すという構図であった。

一九七〇年代のイタリア三星商事と言えば欧州の中では二流どころで、駐在員も、屈折した者、エキセントリックな者、ギャンブルにのめり込む者などがゴロゴロしていた。その中で槇山自身はバランスの取れた常識人と勝手に思っていたが、思い込みもいいところで、周りから見れば「威張っている」とか「恰好つけやがって」と陰口をたたかれていた。加えてイタリア三星商事の収益を一手に支え、大松社長の信任も厚いとあって、ますます妬まれた。そもそも槇山は謙虚さがない上に口が悪い。自分ではブラックユーモアのつもりで、相手の胸にグサッと刺さることを平気で言う。若い同僚駐在員が自宅の応接間に槇山を模した藁人形を作り、毎晩これをめがけてのダーツ遊びで憂さ晴らしをしているとの噂も出るほどであった。

部下のイタリア人社員たちは、槇山が前任者よりひと回りも若いくせに、遠慮会釈なく次々とイタリア語で指示するので、最初は戸惑い抵抗を示した。しかし槇山は意に介さず、「ペラペラしゃべる前に頭を働かせ、手足を動かせ」と怒鳴りながらも率先垂範で皆を纏めていった。部下たちも次第に槇山の人柄を理解するようになり、間もなく社内ではチームワークの取れた模範的な部門として輝くようになった。

イタリアでのエムビックス複写機取引は、一九七一年にＦＯＴＯＲＥＸ社をナショナルディストリビューターに起用することで始まった。その後ＰＰＣ市場の拡大に伴い発展し、一九七五年頃には、独、英、仏に続いて伊国でもエムビックス販社設立の構想が浮上した。しかし仏国でＵＴＭＢを買収し自前の販社にして四苦八苦したことで、この構想は立ち消えになった。そこでイタリア三星商事とＦＯＴＯＲＥＸ社の共同事業経営という、ユニークな形態をとることとなった。まずイタリア三星商事が本邦から輸入し在庫と与信リスクを負う、ＦＯＴＯＲＥＸ社は支店並びにディーラーを通して伊国市場に販売及びレンタルをする。レンタル機はイタリア三星商事の固定資産として抱え三六ヶ月で償却していく。

槇山は五年間の駐在期間中、この共同事業で利益幅とリスク負担のバランスをとることに腐心する。ＦＯＴＯＲＥＸ社はアグレッシブな会社だが、伊国特有の物価スライド賃金制と強い労組の存在のために思うように販売組織を広げられず、資金繰り面でも常に四苦八苦していた。槇山はイタリア三星商事のリスク負担を少しでもＦＯＴＯＲＥＸ社にヘッジしたいところだが、同社が行き詰まっては元も子もない。伊国通貨リラの下落が激しく、公定歩合も一九％で市中金利が三〇％まで高騰する環境下で、槇山はＦＯＴＯＲＥＸ社を時には激しく叱咤し、時には優しく手を差し伸べながら市場での地歩を築いていった。セレックス、オリゲッティなど欧州メーカーがひしめく市場の中、日本勢の中ではカノンに次ぐ存在であった。

ＦＯＴＯＲＥＸ社長アッティリオ・ジェッケレは、イタリア人としては小柄だが、陽気さとバイタリティを備え、いわば仕事が趣味と言っていいタイプである。常にワンマンオーナーとして君臨してきたが、女優ジーナ・ロロブリジータ似の妻だけには頭が上がらない。ちょび髭をはやしたジェッケレが長身の妻を連れて現れると、まさにノミの夫婦である。経営スタイルは、状況に応じて柔軟に動き、利すると見れば節操がない。

槇山とジェッケレとは会議のたびに激しくぶつかりあった。赴任時、槇山は三一歳、ジェッケレ三八歳で、お互いに自信満々で攻撃的性格である。槇山の前任者は英語で話し、ジェッケレはイタリア語なので通訳を通じての会話であった。したがって互いに激昂したり罵倒したりすることは皆無であった。ところがジェッケレは、槇山が赴任早々イタリア語でばんばん言ってくるので驚いたようだ。槇山はイタリア語特有の込み入った表現まではできないので、おのずと単刀直入な居丈高な言い回しになり、相手には強く響いてしまう。それに反応してジェッケレは興奮し、イタリア人特有の大袈裟なジェスチャーとともに、声高に自己主張を繰り返すこととなった。

苦労してFOTOREX社を育て上げたジェッケレは、マーケットを一番理解しているのは自分だという自負があり、滔々とイタリア市場の難しさを捲し立てながら値引きをせまる。一方、槇山はデータに基づき反駁し「市場に価格を下げて対応するなら、マーケッティング能力は不要で馬鹿でも売れる」と主張すれば、ますます火に油を注ぐ展開となる。しかしお互いあってのエムビックス事業とわかっているので、いつの間にか興奮も冷めて、最後は和やかな雰囲気に戻り、会議は終わる。

このような時には、槇山の部下ネグリも、ジェッケレの部下モスカデッリも横で黙って固唾を呑んでいる。傍から見れば二人のいわば漫画的な間柄が、イタリアでのエムビックス事業の繁栄を支えていると思っていたのだろう。

しかし一九八〇年七月のある日、槇山が心底怒りを爆発させるような事態が起きた。ネグリが深刻な顔をして槇山へ報告にきた。

「ジェッケレの別会社、REPROMEC社なのですが、どうも日本のマイコー社と伊国販売契約を結んだようなのです」

「なんだって？　ＲＥＰＲＯＭＥＣ社はＳＭＳ社製のＰＰＣ複写機を販売しているのではないの？」

「ＳＭＳがイタリア市場から撤退するということで、どうもマイコー社とディストリビューター契約を結んだようです」

槇山はカッと頭に血が上るのを覚えた。

イタリア三星商事はＦＯＴＯＲＥＸ社と伊国内での独占販売契約を締結しており、契約書の中に競合製品取扱禁止条項を明記している。しかしジェッケレは、コナタ製品が品質問題を起こし、円高昂進にも積極的対策を打たなかったことから、一九七六年秘かにＲＥＰＲＯＭＥＣ社を設立し、欧州メーカーＳＭＳ社製ＰＰＣ複写機の販売を開始した。株主にはスイス人名義を使うなど巧妙に工作しているが、紛れもなくジェッケレの会社である。イタリア三星商事は、当初からこの事実を摑んでおり、常に警戒をしてきた。しかし、競争力が低下してきたコナタ製品に不安を抱くジェッケレの立場も理解できないわけではないし、ＳＭＳ社製ＰＰＣはさほどの脅威でもないので、イタリア三星商事は事を荒立てることなく目をつぶってきた。たとえＦＯＴＯＲＥＸ社を解約しようにも、他に伊国市場を任せられる候補がいないのも実情であった。

しかしREPROMEC社が、日本の大手メーカー、マイコー社製品を販売するとなっては話が別である。槇山は三星商事本社、エムビックス欧州HQに事態を連絡すると同時に、ジェッケレを呼び出して真意を質した。

「ジェッケレ社長、REPROMEC社がマイコーの代理店になったそうですね」

「はあ？　槇山さんの言うことがわからない」と惚ける。

「今までこちらも大目に見てきたけれど、今回は許しませんよ。明らかに基本契約に違反する背信行為です。三星商事、コナタ社とも連絡をとっていますが、深刻な事態になってしまった」

「槇山さんは、REPROMEC社というけれど、私には関係ない会社ですよ」とジェッケレは薄笑いを浮かべて答える。

こうなると槇山は次第に怒りが増して、今やジェッケレの名前を呼び捨てにして問い詰めた。

「アッティリオ、今さら何を言っているのですか！　長年に亘り我々を騙し続けてきて……。あなたが陰のオーナーと誰もが知っていますよ」

こうなるとジェッケレも槇山を呼び捨てにして居直る。

「純平、私はエムビックス複写機が本当に好きなのです。だからここまでFOTOREX社を育ててきたのです。私の誠意を疑うようなことを言わないでください」

「アッティリオ、話を逸らさないでください。あなたは競合機種取り扱いという重大な契約違反を犯していることがわかっているのですか？　REPROMEC社長のカレッツリ氏にしたってあなたの友人でしょう？　いい加減に事実を認めたらどうなんですか！」

「純平、誤解してもらっては困ります。カレッツリ氏は確かに私の友人だが、かつてはベルリッツ英会話学校の教師で僕も個人レッスンをお願いしていた。そんな彼が事務機販売会社REPROMECを設立したいというのでいろいろ相談に乗りましたが、それだけですよ」

ジェッケレの小馬鹿にしたような言い様に、槇山の怒りは収まらない。

「そんなカレッツリ氏に学んだから、アッティリオは英語を喋れないのですよ。聞くところによると、彼はジェッケレ帝国のしもべ、と噂されているようですね」

「純平、いい加減にしてください、名誉棄損で訴えますよ！」

「イタリア人は侮辱されたとか、名誉を傷つけられたとか、すぐ騒ぎ出す。そういうことを言う前にまずは誠実になりなさい」

「日本人こそ礼儀知らずだ。年長者に向かってその言い方はないでしょう！」

「日本ではあなたのような人を『盗人猛々しい』というのです、イタリアの諺ではなんというかわからないけれど……ネグリさん、僕の代わりにジェッケレ氏に説明してください」と八つ当たり気味に部下のネグリに話を振った。ジェッケレはネグリの説明をきいてニヤリと笑って答えた。

「純平、このイタリアでは盗まれる方が悪いのですよ」

これを聞いた槇山は、怒り心頭に発した。急に椅子から立ち上がり、「アッティリオ、昨日この重大事態を東京本社へ報告したので、今後どうなるかわからない。覚悟しておきなさい！」と捨て台詞を投げ、唖然とする皆を残して会議室をあとにした。

槇山の怒りはなかなか収まらなかった。一方事態を憂慮した三星商事本社からは、連日国際電話で冷静に対応するように指示があった。槇山の様子を見てネグリが本社に状況報告をしたのであろう。槇山は怒り狂ってみたものの、FOTOREX社に替わるべき伊国ディストリビューターが見つかるわけでもなく、またまた目をつぶるしかなかった。

一週間後にジェッケレより念書を提出させて一件落着した。REPROMEC社長のカレッリを退任させること、FOTOREX社の直販店、代理店には手をつけないこと、これに違反した時はイタリア三星商事からのレンタル資金融資は中止する、との条件をジェッケレが受け入れた。

念書提出のためイタリア三星商事会議室に現れたジェッケレは、先日の諍いはまるで他人事のように満面の笑みであった。彼のワイナリーでとれたベローナ産『アマローネ』を半ダースも携えてきた。アマローネとはイタリア語で『ほろ苦い』という意味である。

槇山は「全くしたたかな男だ、イタリア式ビジネススタイルにはとてもついていけないな」と苦笑いをするしかなかった。


私生活と言えば、槇山は直子と結婚早々にミラノに赴任したのでまだ新婚気分も抜けず、暇を見つけては愛車ＡＬＦＡ・ＳＵＤを駆ってイタリア国内のみならず、スイス、オーストリア、フランスと走り回った。五月の吹雪の中でアルプス越えをしたり、友人のテノール歌手山路芳久の『セビリアの理髪師』を観るために、霧の中をひたすらウィーン国立歌劇場に向かって走ったりするなど、若さに任せて行動した。しかし直子の妊娠が判明してからは、流石に慎重となり近場のイタリア諸都市を巡るにとどめていた。

一九七七年一一月二六日の土曜日、槇山は妊娠五ヶ月の直子を連れて、ミラノでは二軒しかない日本料理屋の一つ、「えんどう」を訪れた。

二人は久しぶりに本格的な寿司を堪能し、上機嫌でダリオパパ通りの自宅に戻った。槇山は鍵束を取り出した。治安の悪いイタリアでは幾重にも施錠するのが普通で、玄関前の暗い中で一つ一つ解錠するのは時間がかかる。やっと三番目を解錠してドアを開けようとしたが動かない。おかしいなと思いつつ再度開閉を試みたあとに今度は身体ごとあずけて押してみた。するとズルズルと床から滑るようにドアが開いた。槇山はドアをブロックしているソファに気がつくと同時に、居間からテラス伝いに逃げ去る人影を目撃した。空き巣にやられてしまった。居間と寝室の床に衣類や書籍などが散乱した状態を目にして気分が悪くなった直子は、その場に蹲った。槇山はすぐさま管理人を呼び警察署への連絡を頼んだ。ネックレス、婚約指輪、銀食器、革のコート、そしてマンドリンと、金目になりそうなものは根こそぎ持っていかれてしまった。これらを詰め込んで持ち去ったのだろうか、旅行用サムソナイトケースもなくなっていた。まさにプロの仕事である。しかし通常のイタリア人居宅に比べ、盗むべき骨董調度品、高価な絵画が全く見当たらず、拍子抜けしたことであろう。

通報から一時間ほど経過して、漸く警官が来た。そして槇山に最初に発した質問は、

「盗難保険はかけていますか？」

勿論そのような高額な保険をかけているはずがなく、頭にきた槇山は強引に警官の腕を掴んでテラスへと連れていった。

「見てください、泥棒はテラスからガラス戸とブラインドを壊して侵入した。ほら、テラスに足跡らしきものが見えるでしょう！」

「そのようですな、お宅はいわば地階に位置しているから狙われやすいのですね」

「呑気なこと言っていないで、足跡を調べてくださいよ！」

「いやいや、無駄なことです。この地区では同様な盗難が多いのですよ」

「なぜ調査してくれないのですか、警察の仕事でしょう！」

「そうは言われても今の世の中は忙しいのです。最近はテロ事件が頻発しているので我々警察もこの種の犯罪には手が回らない。それにこのような空き巣はプロが未成年の少年を使って行うことが多いので、実行犯を捕まえても処罰できないのですよ」

空き巣に入られた方が悪いような口調で平然としている警官の顔を、槇山は唖然として見るしかなかった。確かに最近は左翼テロリスト組織「赤い旅団」による誘拐殺害事件が

頻発していた。
これからの駐在生活がまだまだ長いことを考えると、抜本的対策を講じなくてはならない。槇山はすぐさま自宅の部屋すべてのブラインドを既存の木製から鉄製に変更した。そのために妊娠中の直子に替わって、毎朝この重いブラインドを開けるのが槇山の日課となった。

一九七八年六月二八日、槇山は直子を連れてミラノ総合救急病院を訪れた。出産予定日が六月一五日なのに未だ兆候が見られないので、急遽産婦人科医プロートの診察を受けることになったのである。四〇歳前後の彼は、世界的オペラ歌手プラシド・ドミンゴに似た甘い風貌で日本人妊婦には人気がある。槇山からすれば、いくらイタリア人が陽気といえども医師なのだから、もう少し重厚感があってもいいのではと思う。今まではプロート医師の自宅クリニックで診察を受けていたのだが、今日は彼が副院長を務める同病院に赴いた。古ぼけた病院で、三階にあるプロート医師の診察室までエレベータもない。二人で階段を上るが直子は非常につらそうだ。やっと診察室に直子が入って、槇山は脇のベンチに漫然と腰を下ろしていたが、ものの五分も経たないうちに、突然プロート医師が飛び出してきて、上着を脱ぎシャツ一枚になりながら周囲に向かって叫んだ。

「看護婦三名、緊急手術準備！」

槇山は驚いてプロートに駆け寄りどうしたのかと怒鳴った。プロートは駆けつけた看護婦に上着とワイシャツを渡しながら、

「出血したので、今から帝王切開をします。詳しく説明する暇がないのであとで！」

質問する暇を与えずプロートは再び診察室に駆け込んだ。慌ただしく数人の看護婦が手術器具や酸素ボンベを携えてそのあとを追う。

プロートは白衣を着る暇もなく、また手術室にも運ぶ余裕がないということは、ひょっとして母子ともに危険ということなのか？　不安に駆られた槇山は、神でも仏でもなんでもいいから助けてくれと、ベンチに蹲りながら祈っていた。

どのくらい時間が経過したのだろうか、一〇分、いや三〇分は経ったのかもしれない、「オギャー」という声が聞こえた。槇山がベンチから立ち上がり診察室の前を行ったり来たりしていると、漸くプロート医師が血痕のついたランニングシャツのまま、疲労困憊という表情で槇山の前に現れた。横には看護婦が微笑みながら産まれたばかりの赤ん坊を抱いている。女の子だった。

「プロート先生、直子は無事ですか！」

「ご心配なく、今は麻酔で寝ていますが」

プロートに促されて槇山は並んでベンチに座り説明を聞いた。

直子の症状は前置胎盤の状態で、鉗子で胎児を動かしたところ大量出血した。直ちに帝王切開をしたが、一刻の猶予も許されなかったので十文字カットで腹を切ったとのこと。詳しく聞けば聞くほど恐ろしいことばかりで、槇山は緊張からの虚脱感の中でよろよろと立ち上がって、東京の実家に報告すべく公衆電話に向かった。

後日槇山は冷静になって考えてみて、なぜプロート医師は前置胎盤に気がつかなかったのだろうかと不思議に思った。日本では定期診断で見落とすはずがないことだ。二年後に再び直子が妊娠してプロート医師に受診することになった時、彼のクリニックには最新鋭の超音波機器が設置されていた。そして再び帝王切開で次女の遥が生まれた際には、大きな十文字カットの傷跡を消すべく綺麗な縫い目になおしてくれた。

ミラノ総合緊急病院は大衆的な病院である。慌ただしい一日が過ぎ、翌朝に槇山が病院を訪れると、ちょうど朝刊と牛乳を販売するおばさんが、手押し車で病室を巡回しているところだった。直子の部屋は四人部屋で、隣のベッドの四〇歳くらいのイタリア女性は、昨晩出産したとのことだが、もう歩き回って大声でおばさんと喋っている。直子は一夜を経てだいぶ回復した様子だが、バイタリティ溢れるイタリア女性たちに囲まれ、なんとも心細そうな顔をしている。これを見て槇山はプロート医師に懇請し、翌日午後には縫い口がまだ痛む直子を特別救急車に乗せて、本来出産を予定していたピオデーチモ病院（ピウス一〇世病院）へ移送した。同病院はカトリック系でハイクラスな個室を揃え、主に修道女が看護師となって運営している。

「やっと落ち着いたね、本当に一時はどうなるかとパニックになったよ」

「私も何が起こったかわからないうちに麻酔をかけられて……ともかく洋服のままでの手術だからただ事ではなかったのね」

「それで井上の母が心配して、欧州旅行を途中で切り上げて、予定より早くミラノに来てくれることになった。明後日の昼にジュネーブから列車でミラノ中央駅に到着する予定だ」

「嬉しいわ、でもお母さんはパック旅行最後のローマ訪問を楽しみにしていたのに可哀想だわ」

「仕方がないよ、大事な娘の産後を助けるためなのだから」

ちょうどその時、若い修道女が新生児室から娘を抱いてやってきた。アジア系の一重瞼の幼児は珍しいのか、娘に頬ずりしながら「なんて可愛いの！」と連発する。槇山は心の中で「それより貴女は神から遣わされた天使のようだ……」とつぶやきながら彼女の美しさにみとれていた。娘には桂と名付けた。

一九七八年九月一六日土曜夕刻、槇山はデュッセルドルフからミラノ・リナーテ空港へ向かう機上にいた。映像関連では世界最大のフォトキナ総合見本市に関連して、写真機、印画紙メーカーとの打ち合わせを二泊の出張で終えて帰宅する途上であった。疲労困憊して眼下に広がるアルプスを見る気にもならない。昨晩遅くまでドイツ三星商事資材部門の仲間と痛飲したこともあるが、やはりこの二ヶ月間の出来事は、タフな槇山にもこたえていた。直子の出産騒ぎ、スキー靴ガルモント社との訴訟騒ぎと契約終了、経営危機だと執拗に援助を求めるＦＯＴＯＲＥＸ社長ジェッケレとの交渉、ひいてはイタリア三星商事駐在員間での確執に巻き込まれるなど、次々と問題が槇山の身に降りかかってきた。来週からの過密スケジュールに思いを巡らせてまた気が重くなる。帰宅したその日の夕食は直子の母徳子伝来のカレーライスである。しかし槇山は疲れすぎていてあまり食が進まない。

就寝前になって吐き気を催しトイレに駆け込んだ。その後も吐き気は収まらず、下腹部のだるく重い違和感が消えない。直子が自分の経験から盲腸ではないかと言い出した。下腹部を手で押してみた。特に鋭い痛みはないが、単なる腹痛でないことは確かだ。

翌朝、イタリア三星商事の社長運転手兼総務担当のコニャートに電話して来てもらった。日曜なので一般の医院は閉まっており、コニャートはミラノ総合救急病院の緊急外来に槇山を連れていってくれた。インターンではないかと思うような三〇歳くらいの青年が出てきて、槇山の腹のあちらこちらを押して痛むかと聞く。

「全体的に鈍い痛みはあるけれど、特にどこかが鋭く痛むわけではありません」

この頼りない青年はさらに槇山に昨夜の食事などを尋ねたあと、

「どうも胃が荒れているようですね、今日一日は食事を控えて水だけにしてください」

これを聞いて憤然とした槇山はコニャートの車に戻って叫んだ、

「コニャート、ここはあてにならない、なんとか信頼できる医者を探そう！」

槇山は通常の腹痛とか身体のだるさではないことは分かるだけに、直子の指摘通り盲腸に違いないと思い始めていた。帰宅後コニャートと一緒に医者探しをして、やっとカミッロ医師が自宅に来てくれた時は午後三時になっていた。カミッロ医師は慣れた手つきで診察し採血もして、まず盲腸に間違いないだろうとの診断を下した。ついては入院する必要があるが、どこの病院にするかと尋ねてきた。槇山は今や身体がだるいだけでなく頭もボーッとしているなかで、ピオデーチモ病院で桂を抱き上げて頬ずりする修道女の天使のような微笑を思い出した。

「ピオデーチモ病院でお願いします！」

カミッロ医師は直ちに連絡を取ってくれたが、ピオデーチモ病院はあいにく混んでいて、受け入れの余地がないという。同じ系列でやはりカトリック系のファーテベネフラテッリ病院なら空いているとのこと、槇山は同じ系列ならピオデーチモと似ているのだろうと迷うことなく同病院に決めた。コニャートに付き添われて病院に到着した時はすでに夕刻だった。検査の結果、盲腸であることが確認され、バラケッティ医師により手術を行うことになったが、一向にその準備に入る気配がない。槇山はますます頭がぼんやりする中で、イタリア赴任前に挨拶に行った時のミラノ金倉総領事の夫人の言葉を思い出していた。

「盲腸があるなら念のためにとっておいた方がいいですよ、私がミラノ総領事館にいた時に、盲腸で入院したものの待たされて死亡した日本人がいましたよ」

「そんなオーバーな、戦地に赴くわけではありませんから。イタリアも先進国ですよ」

「確かにイタリアの医術は伝統があるし優れていると思います、しかし予防医学はとても日本のレベルではありませんよ。またラテン気質が災いしているのでしょうかね、事態が深刻になるまで放っておく傾向があります」

結局、槙山の手術は翌朝に行われた。麻酔から目覚めた槙山は、ベッドの脇に直子とイタリア三星商事の総務課長大山康弘が心配そうに立っているのを認めた。腹膜炎を併発していて膿がたまり、かなり大掛かりな手術であったとのこと。膿が完全に出るまで腹に管を差したままで、入院期間も通常の五日程度が二週間になるとのことであった。

二人が帰ったあとに槙山は次第にはっきりしてきた頭で、病室の古ぼけた天井を眺めながら考えていた。『ピオデーチモ病院に比べると病室があか抜けしないな、それにしても昨晩から看護婦らしき女性を見かけないけれど……今朝手術室に入った時に付き添っていた女性看護婦を見ただけだ』

ちょうどその時、腕が毛むくじゃらで浅黒い南部生まれと思しきイタリア男性が、両手を広げ満面に笑みを浮かべて入ってきた。

「チャオ、純平、気分はどう？　僕が担当の看護士のピエーロです」

槙山は、漸く気づいた、『そうか、このファーテベネフラテッリ病院は同じカトリック系列でも男性修道士によって運営されているのか！　どうりで女性がいないわけだ。考えてみればファーテベネフラテッリとはイタリア語で、慈愛をもって同胞に尽くしなさい、という意味だ。俺としたことがなんでこんな男だらけの病院を選んでしまったのか！』

槇山にとってそれからの二週間は地獄であった。人生初めての入院である上に、毎日ピエーロが、槇山の嫌いな鶏がらスープとコッペパンを運んでくる。槇山が辟易して食べないでいると、「純平、何をそんなにイライラしているの？」と毛むくじゃらの腕を伸ばして槇山の頭を撫でる……気が狂いそうである。直子に和食を作らせ、隠れて食べていたところを見つかり会社に報告されてしまった。直ちに大松社長が見舞いにきて「ちゃんと病院の規則を守り入院生活を送るのも商社マンの責務だ」などと訳のわからない理屈で諭された。

槇山は夕方になると病院の屋上に出て、北の方向を眺めやった。大きく聳えるミラノ中央駅の向こうに我が家があるはずだ。ともかく一日も早くここから抜け出たい。槇山の脳裏には、フェデリコ・フェリーニ監督の映画『アマルコルド』の一場面が蘇った。フェリーニが自分の故郷リミニでの少年時代を回想する名画である。主人公である少年の一家が、精神病院に入院して隔離されている叔父を訪ね、久しぶりにピクニックに連れだす。叔父は眼を離した隙に高い欅に登って「女が欲しい！」と叫び続けて下りてこない。精神病院に拘束されている男の悲哀がしみじみと伝わってくるシーンである。槇山も夕方になると病院の屋上に出て、ミラノ中央駅の遥かかなたに向かって、『早く帰りたいー』と心の中で幾度となく叫び続けた。

イタリア三星商事での五年間のエムビックス事業は、隆盛期から円熟期へと移行する時期であった。そのような環境下で、イタリア三星商事とＦＯＴＯＲＥＸ社の共同オペレーション形態は独、英、仏の販売会社と並ぶ準販社として位置づけられていた。しかし所詮は独立採算の二社が自社利益を確保しながらのオペレーションであり、限界がある。またコナタ社の価格競争力と商品開発力が他社に劣り始めていただけに、槇山とジェッケレ社長は心休まる時がない。事あるたびに二人が激しくぶつかり合うのも、イタリアにおけるエムビックス事業の発展を願うからである。怒鳴り合ってはその翌日ワインを酌み交わす。槇山の心労が重なり盲腸で入院したと聞けば、ジェッケレは自分のせいかと殊勝にも花束をもって病室に駆けつけてくれた。こういったことの繰り返しで五年間は瞬く間に過ぎ去った。

一九八二年三月下旬、槇山一家は帰国することになった。ミラノで生まれた桂は三歳、遥は一歳になっていた。

ＦＯＴＯＲＥＸジェッケレ社長はジェネラルマネジャーのモスカデッリを伴って、槇山をアルキメーデ広場の一角に佇むレストラン『ＣＥＮＡＣＯＬＯ』に招待してくれた。レオナルド・ダビンチの絵画ＣＥＮＡＣＯＬＯ（最後の晩餐）が名前の由来で、パルミジャンチーズとバジルの葉を振りかけた血の滴るタリアータが絶品である。そしてベローナの高級ワイン『アマローネ』が惜しげもなくたっぷりと供された。実はジェッケレが所有しているワイナリーからこのレストランに納入されているのである。

この五年間はイタリア三星商事とＦＯＴＯＲＥＸ社とが役割分担して、準販社的経営スタイルをなんとか続けてきたが、時の流れには抗することはできず、いずれは他欧州販社と同様にコナタ社が販路に直接出てこようとするだろう。その際にはＦＯＴＯＲＥＸ社は買収されるか不要となるか。槇山は寂しい思いを胸に抱きながら、喋り捲るジェッケレをみやった。いや、彼も同じ気持ちを抱いているに違いない。この楽しい宴にもいずれ終わりが来る。その不安を振り払うかのように、二人は身振り手振りを交えて陽気に語り合った。アルキメーデ広場の夜は、賑やかな空気の中に物悲しさを滲ませながら、更けていった。

第四章　東京シティエアターミナル

一九八七年三月二日の朝九時に槇山純平は、直子と一緒に東京シティエアターミナルに到着した。エムビックス・UK社長として赴任するため、これからロンドン行きJAL便に搭乗するのだ。直子と二人の娘、桂と遥は四ヶ月遅れて日本を発つ予定である。

三階のロビーに上っていくと、既に三星商事の面々一五人ほどが槇山を見送ろうと来ていた。涌井忠正を筆頭に、内垣誠、友秋恵一、白須浩一郎、柳本篤史、大村和昭などほとんどが光機資材部の面々である。女性では後藤淑子、金井真由、山根千恵、杉谷理香子。

槇山はこの顔ぶれを見て、「なるほどね、この顔ぶれで俺がどう思われているかよくわかるな。心から見送りに来てくれた人、義理半分で来た人、しかしこの朝の出勤時に本当にありがたいことだ。日頃俺を快く思っていない者は勿論一人も来ていない、わかりやすい構図だ」と一人で得心していた。

槇山はわざわざ涌井が見送りに来てくれるとは予期していなかったので、胸が熱くなった。涌井は四月一日付で光機資材部長代行から窯業資材部長に異動することが内定し、つい先日、光機資材部事務機グループ主催による涌井、槇山合同歓送会が、両国のちゃんこ料理屋『吉葉』で催されたばかりである。槇山は丁重に御礼を述べた、

「涌井さん、本当に時が経つのが早いですね。私が一〇年前にミラノに赴任してすぐに、エムビックス・インターナショナルの社長だった涌井さんをハンブルクに訪ね、オペラハウスで一緒に『魔笛』を観たのを覚えていますか？　私は、なぜかつい最近のことのように鮮明に覚えています」

「そうだったね、当時はお互い若さに任せて仕事に燃えていたね。エムビックスも勃興期で苦労も多かったけれど楽しかった。先日も話したけれど、エムビックス事業も今や成熟期だけにいろいろ綻びも出てきている。これが顕在化していればいいのに、なまじ潜在化しているので質《たち》が悪い。槇山君にとって欧州は勝手知ったる古巣だからあまり心配はしていないけれど、一人で悩まないようにね。悪いことが起きたら周囲の環境の責任にして自分を苛めないこと。この五年間のＯＡ機器事業開発への我々の努力は必ずどこかで役に立つはずだ。僕は光機資材部を離れるけれど、いつでも相談してください。欧州出張の折には必ず声をかけるよ」

涌井の言葉が温かく胸に響いた。一人で悩むな、というアドバイスは、おそらく七年前にパリで死去した吉水徹のことを思い出してのことだろう。

ふと気がつくと、見送りの中に平野輝美の姿が見えない。ＯＡ機器チームでは槇山の左隣に座って業務をサポートしてくれた。いつも夢を見ているロマンチックな社員だ。始終槇山に叱咤、叱咤の教育的指導を受けていたが、日が暮れれば、飲み会だ、ディスコだ、との誘いにも嫌な顔をせずについてくるマドンナだ。見送りに来ないわけはないと不審に思い、槇山は隣の柳本に尋ねた。

「柳本君、平野輝美は来ないの？」

「おかしいですね、昨晩も必ず見送りに来るように指示したのですよ。槇山さんは誰が来たか来なかったかをしつこく覚えている人だから注意しろよ！　と念を押したのですが……また例の遅刻癖がでたのかな？」

そんな会話を交わしているまさにその瞬間に、三〇メートル先のエスカレーターからしょんぼりした平野が現れた……なんと薄汚れたブカブカの男物の運動靴を履いている。後藤淑子が驚いて駆け寄って平野の肩を抱きかかえ、その場でしばらくこそこそ話していた。

唖然としている皆の前に、後藤が平野を優しくリードしてきて、恥ずかしそうに項垂れている平野に代わって後藤が事情を説明してくれた。

平野は槇山のどなり声が聞こえるような気がしていつもより早く起床したそうだ。見送りに十分間に合うよう余裕をもって家を出た。しかしちょうど通勤ラッシュ時と重なり地下鉄半蔵門線は異常な混雑であった。「水天宮前駅」で下車する際に、押し出され転げそうになった瞬間に左足から靴が脱げ落ちてしまった。平野は転びそうになった体勢を立て直す暇もなく押し出され、そのまま人の波と一緒に運ばれた。「靴が脱げました！」と叫んでみたものの、ラッシュ時の人の波はそれで止まるわけもなく、電車が彼女の靴を運び去るのをなすすべもなく見ているしかなかった。やっとのことで駅員室にたどり着き事情を話したところ、掃除作業用の運動靴を貸してくれた。これでここエアターミナルまで歩いてくるのはとても恥ずかしかったけれど、「行かないと怒られる！」という一念でたどり着いたとのこと。

平野ははにかむような笑みを浮かべて、ぴょこんとお辞儀をしながら、

「遅くなりましたが見送りに参りました、槇山さん。私も明日からはやっと安眠できそうです」

一同爆笑するなか、槇山は涙を流さんばかりに感激して叫んだ。

「ありがとう、平野さん！　お蔭で今日の赴任は本当に印象深いものになった。今度東京に出張してきた折には、素敵なロンドンブーツをシンデレラガールに買ってくるね」

そろそろリムジンバスに搭乗する時刻になった時に、槇山は手提げバッグから、やおらカメラを取り出した。

「皆さん、では御一緒に記念写真をお願いします」

柳本がにやにやしながら言った。

「見送られる立場の人がカメラを取り出すなんて、槇山さんらしいですね、誰が来て誰がこなかったかと証拠写真にするつもりでしょう」

「つべこべ言わないでさあ早く並んで並んで、平野さんの足元は後藤さんのハンドバッグが大きいからそれで隠してね」

五年間苦楽を供にした仲間との別れの時は瞬く間に過ぎ去った。

第五章　あの頃みんな若かった

ＪＡＬ四〇一便のロンドン・ヒースロー空港までの所要時間は一二時間だ。機内食をとり、前方スクリーンでの映画『クレイマー、クレイマー』も観終えて、機内は既に暗くなっている。槇山純平は機上では眠れない性質なので、イヤフォーンから流れる『懐かしの七〇年代フォーク』を聴きながら思い出に耽っていた。ちょうど彼の好きな『いちご白書をもう一度』の曲がかかり、しみじみと仲間との日々を懐かしんだ。

「そうだよなー、我々はもう若くはないのだ。右往左往して悩んだけれど皆と一緒で楽しかった」と深いため息をついた。この五年間の出来事が走馬灯のように蘇ってきた。

一九八二年三月、槇山はミラノより帰国して古巣の光機資材部事務機器チームに戻った。エムビックス複写機輸出を本邦で束ねるチームである。今や資材本部の中では基幹となっているエムビックス輸出取引は、年間売上高二〇〇〇億円、経常利益九億円、人員は海外国内派遣も含め三〇名を超える陣容にまで成長していた。欧州販売事業はコナタ社の資本参加後も順調に拡大し、欧州販社内でのコナタ側出向者との和も保たれた上で、販社経営の中枢は相変わらず三星商事の出向者が担っていた。東京本社光機資材部の体制は、事務機器事業チームは涌井忠正がチームリーダー、事務機器チームは加藤聡がリーダーであった。加藤は皆から『おしん加藤』と言われるほど、どんな仕打ちを受けようと、どんな無理難題を言われようと、組織の中で耐えて粛々と自分の職務を果たす男である。資材本部トップの信頼は厚く、商社マンとは思えぬ優しさを持ち、槇山も常々加藤の人柄を敬愛している。つい二年前まで家電品欧州販社テレコン社の撤収に携わっていた苦労人である。しかし一方でコナタとの交渉を含めて、リーダーシップに欠けていることが槇山の不満の種であった。

そんな加藤の下で槇山は欧州向け輸出取引を統括していたが、事務機器チームは流通と技術支援を受け持つ後方部隊であり、ミラノで経営と販売の第一線にいた槇山にとっては、不完全燃焼で悶々とする日々が続いた。欧州販社への定期的な船積の仕組みが出来上がっているだけに、統括すると言っても横目で眺めていて、何かトラブルが起きた時に出ていけばいい。毎週コナタ社貿易部との定例会議もあるが、船積調整とか技術トラブル問題がほとんどで退屈極まりない。

取引が大きく伸びていたこともあり、一九八〇年代に入ると多くの大学新卒女子社員が入社し、膨大な輸出貿易業務をこなしていた。皆二五歳前後の若い女性ばかりで、おまけに毎日装いが替わる私服姿での勤務である。片杭千賀子、和田美沙子、鳥飼由美、金井真由、吉山邦子……難関を突破して入社してきた女子社員だけに優秀で、業務はスピーディにこなすが、花のOLは仕事の合間のおしゃべりがうるさい。

「ねえねえ、美沙子！」

「なあにー、千賀子？」

「和光さんと立岡さんに今晩踊りに行かないかと誘われたの。六本木に新しくディスコビルができて、なんと一二階まですべてディスコだそうよ」

「私も行きたいなー、でも今日は残業しないと明日の船積書類が間に合いそうにないの、槇山さんはうるさいしね」

「それならば、いっそ槇山さんも誘ってしまったらどうかしら。あの人若手に対抗意識を燃やして『僕もかつては赤坂のムゲンや六本木のクレイジーホースで鳴らしたんだ』なんて自慢しているから、誘えば意外とついてくるかもよ」

このような会話が行き交う誠に華やかな職場である。槇山は女性陣に囲まれたハーレムのごとき環境下では異性が気になり、業務に身が入らない。日中は鬱々とした表情で仕事をこなし、夕方になると急に目が輝いてくる。仕事の憂さを晴らそうと、女子社員の業務の終了を待って、若手男子社員の和光久志、立岡一太郎、柳本篤史、渡守直哉などを引き連れて毎晩のように、ディスコ、カラオケと繰り出した。

毎年春の行楽シーズンになると、事務機器二チームとOA機器二チーム合同で合計三〇名を超える合同旅行をするのが恒例であった。今年は強羅だ、那須だ、菅平だと、お座敷バスで乗りつける。夜は温泉でひと風呂浴びて大宴会を催す。女子社員が多いだけに誠に華やかな一夜となる。翌朝はハイキング、テニス組などに分かれて楽しむ。槇山はいつも中心にしゃしゃり出て騒ぎまくる。チームリーダーの加藤聡も涌井忠正も、二回りも違う若手社員に交じって結構楽しんでいた社内旅行であった。

涌井忠正は何事も理路整然としていないと気が済まないタイプで、頭脳明晰であるがゆえに瞬く間に方針を打ち出し業務を片付けていく。上には臆せずはっきりと自分の意見を主張する。したがって上司にとっては扱いにくいし、周囲でも煙たがる人も多かった。一言でいえば大変優秀ではあるがサラリーマンとしては不器用なタイプである。しかし槇山ほか多くの社員は涌井を慕っていた。それは涌井の業務への取り組みが、あたかも理想を追い求めチャレンジする青年将校のような姿を彷彿とさせていたからではないだろうか。

周囲の多くは、涌井は生真面目で堅物であるという印象をもっているようだが、槇山の捉え方は違う。実はなかなか人間味豊かで、それを上手に表現できない不器用なところが涌井の持ち味だと思っている。酒を飲んでも崩れず、部下と付き合ってとことん議論をする、プロ野球に話が及べば、南海ホークスが一〇年間もBクラスに低迷する不甲斐なさを嘆く、異性には大いに関心はあるものの自分の好みや印象をおもてに出さない。槇山は自分とは異なるキャラクターの涌井を慕い、逆に涌井は自分にはない要領よさを備える槇山に親近感を覚えていたのであろう。

槇山は一九八五年一二月のチーム合同忘年会での出来事を今でも思い出す。

その日は、社員会食クラブ日昇館に三五名ほどが集まった。日昇館は山の上ホテル裏沿いの路地をのぼったところに立つ落ち着いた数寄屋造りである。元々は個人の邸宅であったものを三星商事が抵当流れで使っていると、槇山は聞いたことはある。いつもの通り、広い座敷に丸テーブルを並べて皆ですき焼き鍋を突っついて歓談した。宴もたけなわになった頃、槇山は、隣のテーブルに座る涌井のもとに後藤淑子、寺島陽子、高井暁美の三名が手に徳利を携えて座り込むのに気がついた。三名とも三〇歳そこその色香を漂わせ、おまけに部内きっての酒豪である。そう言えば槇山は、彼女たちが今晩の忘年会で、涌井を囲んで酒を酌み交わそうと語らっていたのを耳にしていた。いつも紳士然として決して崩れない涌井を酔わせてみようと、いたずら心を持って徳利を携えてきたのではなかろうか。

案の定、涌井は徳利片手の三名に囲まれ、すっかり目尻が下がり、盃に注がれる酒を飲みほしていく。槇山はそんな様子を傍から眺めていて、「涌井さんも女性に甘いな、すっかり彼女たちのペースに巻き込まれてしまって……」と苦々しく見ていた。

忘年会もお開きとなった時には、流石に涌井も酔いが回り呂律も怪しくなってきた。一方彼女たちは酔うどころか、ますます色っぽく輝いている。いつもなら槇山が涌井に声をかけて二次会へ繰り出すところだが、槇山は別人の涌井を見る思いがして、涌井から逃げようと決めた。いつも毅然として胸を張っている涌井のイメージが、槇山の中で崩れることを恐れたのである。

槇山は柳本篤史と大村和昭に向かって言った、

「おい、出るぞ！」

「えっ、まだ皆は中でぐずぐずしていますよ、二次会はどうするのですか？」

「とりあえず外に出てから考えよう」と二人を急がせる。

槇山たちが山の上ホテルに向かって坂を三〇メートルほど下り始めたその時、日昇館の玄関に現れた涌井が、後ろから大声で叫ぶのを聞いた、

「おい、槇山、俺をおいて逃げるのか！」

涌井から呼び捨てにされるのは初めてであるし、おまけに自分を『俺』と言う涌井など見たことがない。慄然として、背後を振り返りもせず足を速めた。

「いいのですか？　涌井さんが叫んでいますよ！」と心配そうに柳本が追いついてくる。

「つべこべ言うな、後ろを振り向くな！」

槇山は、涌井の叫びを無視したことを今でも思い出して、自責の念に駆られる時がある。しかし槇山が大事にしている涌井のイメージを損ねたくなかったのである。

一九八三年に日経新聞より『商社冬の時代』が刊行され話題を呼んだ。同書の書き出しは「一九八三年度の学生人気調査ランキングで、三星商事が三年続けた首位の座を日本海上火災保険に明け渡した」との記述から始まっている。かつての高度成長時代の花形産業

であった総合商社が、「軽・薄・短・小」化の流れに乗り遅れ、もがき苦しんで生き残りに必死に取り組んでいるという内容である。

ニューメディアとかエレクトロニクスとかOAとかの言葉が、新聞紙上をにぎわしていたが、元来三星商事はエレクトロニクス分野では他商社に出遅れており、日本UBMと手を組むなどして、遅ればせながら新分野進出を模索していた。

資材本部で、エレクトロニクス、OA分野を手掛けるべき所管部は、まさに光機資材部であり、涌井は一九七八年、三星商事がコナタ社にエムビックス欧州販社の株式七〇%を売却して以来、どのようにエムビックス事業の経験とノウハウを、これからの新規事業に生かせられるかを考え続けてきた。

『PPC複写機輸出取引は今がピークだろう。またコナタ社の商品競争力はカノン、マイコーに比して落ちてきている。このままコナタ一辺倒で居続けると、欧州販社も光機資材部にも先はない』

そうは言っても、八〇年代に入ってもエムビックス取引は伸長を続け、資材本部の儲け頭であり続けたので、資材本部長他のトップはこの分野での新規事業にわざわざ取り組むほどの必要性をあまり感じておらず、危機感が薄かった。

それでも涌井はOA分野での新規事業進出の必要性とその体制について説き続けた。それは涌井の執念であり、最後は上司を説き伏せ、新しい体制の実現に漕ぎつけた。

一九八四年、光機資材部内にOA企画チームとOA開発チームが新設された。企画チームリーダーは涌井忠正、開発チームリーダーはサンフランシスコから帰国した竹下正明。部下には槇山純平、吉原公一、藤原一樹、柳本篤史、大村和昭が集められた。

二チームに分かれているものの、実際には一体となって新規OA機器事業の開発に挑む。涌井は当時四九歳、竹下は四二歳でともに将来の資材本部を担うエースだ。三八歳の槇山以下五名の集められた者たちは、現状にマンネリを感じて夜な夜な遊び呆けている者、サウジ赴任から帰国してまだリハビリ途上の者、情報システム部で毎日テレックスの処理に忙殺され嫌気をさして移ってきた者、輸出業務でキュートな姉御、鳥飼由美にこき使われていた者、理系卒の期待の新入社員であるが、実はラリーにうつつを抜かして学業どころではなかった者……個性的だが模範社員とはほど遠いタイプばかりだった。

ファクシミリ、ハードディスクドライブ、フロッピーディスク、そしてあらゆる種類のプリンターと、次々と多くの商品を手掛けメーカーを開拓していった。商社の役割としては、まずは輸出取引を手掛けるためにサプライヤーを探すのだが、力量のあるサプライヤーは既に販路を確立しており、三星商事としては、どうしても商品開発力と価格競争力に劣るメーカーに行きつくしかなかった。

三星化成をかついで『THREE STAR』ラベルのフロッピーディスクを開発して輸出を試みたが、記憶媒体市場ではブランド力よりも飽くまで価格が重要視される。槇山得意のイタリア語で、三つの星を意味する『TRE STELLE』というOEMブランドをつけて各種プリンター販売を試みたが、メーカー、オパル社並びにオリンピウス社の商品力では、競争が激化する一方の市場には浸透しなかった。

毎年五月、西独ハノーヴァーで開かれる世界最大の事務機フェアに、三星商事独自のブースを設け、槇山以下の若手が張り付いて顧客獲得に努めた。欧州でも三星ブランドはそれなりの力を発揮するが、世界のOA機器メーカーにはとても伍していけなかった。

転機となったのは一九八六年のハノーヴァー・フェアでの出来事である。三星商事ブースの責任者槇山がいつも通り九時にブースに赴くと藤原一樹が駆け寄ってきた。

「槇山さん、オリンピウス社のブースに我々のプリンターが展示されています！」

「ん？　どういうこと？　TRE STELLEが展示されているということ？」

「TRE STELLEと全く同じ機械が『オリンピウス』ブランドで展示されています、

契約違反ですよ」

『ＴＲＥ ＳＴＥＬＬＥ』プリンターは、三星商事が自ら金型を出費してオリンピウス社に開発させたものである。したがって三星商事が独占販売権を持つ契約になっている。

「昨日も何やら彼らの新商品をブースに出したり引っ込めたりしていた、と耳にしたけれど、やはりそうだったのか！」

槇山は怒り心頭に発して、直ちにオリンピウス社ブースに出向き、責任者の田岡修一を捉まえて問い質した。田岡は元来ちゃらんぽらんな男だが、訳のわからぬことを言って居直る。丁々発止とやり合ったあと、槇山は田岡に今後三星商事に出入りすることは一切まかりならないと言い放った。田岡は田岡で、三星商事本社に言いつけて槇山をなき者にしてやる、と息巻いた。三星商事の組織上、いくら先方に非があると言っても、槇山の一存で取引先を切る権限はなかったが、国際電話で報告を受けた東京側の涌井は、直ちに本部長に報告するとともに、社内の関係部局にも連絡を取った上で、三星商事は正式にオリンピウス社との取引を終了した。

この事件を契機にＯＡ開発チームのメンバーにも迷いが生じてきた。ＯＡ機器ビジネスを展開してきたものの、組むべきパートナーとして信頼できるメーカーがいないのでは、これ以上突っ込んでも無理ではないかという空気が醸成されてきたのである。また市場開拓費や海外フェアへの出展に多額の出費を要することが、次第に光機資材部他チームの批判を浴びるようになった。

「七人の侍」は大きな成果を上げることなくもがき続け、チーム発足三年後に涌井がハーバードビジネススクール幹部養成六ヶ月コースへの留学、槇山がエムビックス・UKの社長に赴任することで、このOA開発チームは縮小していく。

当時の光機資材部長、佐賀圭二にとり、最後までOA開発チームの必要性に固執していた涌井は煙たい存在で、彼をビジネススクールに「栄転」させ、次の部長を戸村浩一とする路線を敷いた。また光機資材部の稼ぎ頭は相変わらずエムビックス事業で、部内では、これを中心としての人事を行っており、コナタ社より、次のエムビックス・UKの社長には槇山を出してほしい、との要請を受けた時、佐賀は直ちにそれを快諾した。

それでもOA機器取引は、高画質なカラープリンターの北米向け輸出、三星ブランドのフロッピーディスクの欧州向け輸出などで、小規模ながらも地道に実績を残している。

第六章　ドッズワース事件

エムビックス・UK社の暗転は突然やってきた。いや、決して突然ではなく、種々予兆があっただけに、そこに気がつき詳細に経営内容を調べていれば、もっと早い段階で事態を把握できたはずである。

槇山純平は一九八七年三月のエムビックス・UK社長就任以来、この三年半はディーラーを買収して子会社化、ロンドン支店並びにスコットランド支店拡充により、グループ経営の模範的モデルを作り上げたという自負があった。一九八九年にはコナタ最優秀海外子会社として表彰された。次第に驕りと慢心が芽生えていたのか、部下から上がってくる月次決算の数字と、槇山が肌で感じる日々の業績動向に、何か乖離を感じながらも、それを突き詰めることなくやり過ごしていた。

一九九〇年九月一〇日の朝、槇山が自室で昨日の日経新聞を読んでいると、ダイレクターの山根尚一が飛び込んできた。

「槇山社長！　やはりドッズワースが監査法人クーパー社の決算報告に偽サインをしていることを告白しました」

この時から、槇山の輝かしきエムビックス・UK社長時代は終わりを告げ、苦闘の一年半が始まるのである。

同社のダイレクター兼カンパニーセクレタリーであるリチャード・ドッズワースは、一九八七年一月決算より四期に亘り、決算数字を自分で作り上げ、監査法人クーパー社のサインを模倣し偽造して、恰も正式決算報告書であるかのように作成し、最終的にはこれを株主であるコナタ社と三星商事に提出していた。事件の詳細が判明した発端は、七月にコナタ本社の監査法人新光より、コナタ連結決算終了の旨の礼状が英国クーパー社へ送付されたが、これを受け取った同社は『未だ当地での監査は未完了のはず』と新光に返答したことに始まる。

その後幾度となく両社間でやり取りが行われたものの埒があかず、最終的にはコナタ経理部長とエムビックス・UK山根ダイレクター間でこの奇妙な事態の究明にあたった。一ヶ月近く両社とも首をかしげながら、ああでもないこうでもないとやりあっていたが、ある日山根ダイレクターは、決算報告書に記載されているクーパー社パートナーのサインが、ドッズワースの筆跡に近いことに気がついた。

早速彼は社長室に赴いた。

「槇山社長、見てください！　この決算報告書の監査法人サインは、どうもドッズの筆跡に思えるのですが……」

槇山はしばし報告書のサインを凝視していた。

「そうだね、似ていると言えば似ているけれど。しかし社内で最も信頼のおける彼が、そのようなことを軽々しくやるわけがないだろう。またなぜ偽サインをするのか、その理由も想像つかないけれど……ともかく本件は関係者の発言が食い違いすぎる。ドッズを疑って悪いけれど、単刀直入に彼に聞いてくれないか」

それから山根は毎朝ドッズワースを問い質した。彼はとぼけ続けたが、三日後の九月一三日の朝に辞表を携え、偽サインをしていたことを告白した。

槇山は山根からドッズワースの告白の全容を聞いて茫然とし、一瞬眩暈がするのを覚えた。

「山根君、それで彼は理由をなんだと言っているの？」

「決算報告提出期限に間に合わなかったからだと言っていますが、もう少し問い質さないとわからないことばかりです」

直ちにドッズワースを社長室に呼び、山根も同席の上で真相究明に努めた。

元々彼は内向的なタイプで、あまり自分の感情を外に表すことはしない。会社を思う気持ちは人一倍強く、個性豊かな他のダイレクターたちを表にたてて、自分は控え目な纏め役に徹する。カンパニーセクレタリーという職位は、まさに社長を補佐し経営企画と財務経理全般を統括する立場だけに、槇山はこの三年間、彼に全幅の信頼を寄せて社長業をこなしてきた。

その日は、彼はいつも通りぼそぼそとした声に加えて、うなだれうつむいたまま話すので、槇山はよく聞き取れず理解するのに苦労した。最後は半分涙声での説明となり、槇山も、問い質すというより、悪さをしてうなだれる子供を宥めすかし、なんとか詳しい事情を聴きとる、という対応を取らざるを得なかった。

質疑応答を繰り返し判明したことは、一九八七年一月決算から三期に亘って決算報告書に監査法人に代わって偽サインをし、株主のコナタと三星商事に提出していたとの驚愕の事実だった。決算作業が間に合わなかったので、見込み数字のままで正式決算書として株主あて提出していたという。そして後刻クーパー社が承認してサインした正式決算報告書数字とは大きな食い違いはないと言った。槇山はドッズワースの説明を聞きながら、『三年に亘って、社長の俺が気づかずに偽の決算書を株主に提出し続けていたということか！』と暗然とし、眼を閉じながら彼の説明を聞いていた。最後にドッズワースに、三子会社を含めた正式の決算書と、今までの経緯を記した顚末書を提出するように指示し、退室させた。

ドッズワースが退出したあと、槇山と山根はしばし茫然としていた。

「山根君、僕は明日スコットランド支店にいかなければならない。彼に約束させた正しい決算書と顚末書は明日中に出てくるだろう、これを二人で明日の晩にチェックしよう」

「社長がヒースロー空港にお戻りになるのが一八時ですね、御自宅で打ち合わせるのもどうでしょうか……エッピング郊外のポストハウスホテルのレストランで打ち合わせましょう。あそこならあまり客もいませんから。一九時には現地に行っています」

「直ちにコナタと三星商事本社に報告しなければならないけれど、我々も事態がよくわかっていないから、まずは決算書と顚末書を見てからだね」

「そうですね、欧州エムビックスの最優秀販売会社であっただけに、東京側の衝撃も大きいでしょう」山根は沈鬱な面持ちで槇山に答えた。

槇山は九月一四日夜に山根がホテルに持ってきた一九八七年から三年間の正式決算書を初めて見た。なんとそれは、社長の槇山と取締役のコックスの筆跡を巧妙にまねて、ドッズワースが偽サインをし、そのうえで監査法人の承認済みサインを取得したものであった。

これを今まで正しいとされてきた決算書と比較して、税前利益ベースで三年間合計で一八〇万ポンド（四億六〇〇〇万円）のダウン、さらに一九九〇年一月期の決算と監査作業は未だ終了しておらず、税前利益四〇万ポンドと報告されていたのが、五〇万ポンド（一億三〇〇〇万円）の赤字となる見込みである。優良会社が一挙に赤字会社に転落である。

山根は、ドッズワースにしっかりと顛末書も書かせていた。そこには彼が偽装行為に至った経緯が語られていた。

『槇山社長へ。私が今まで虚偽の決算書を提出してきた理由とこれまでの顛末を記します。

発端は一九八七年一月期の決算作業時です。当時経理部門が手薄の上にスタッフも未熟で、東京の株主向け月次決算報告は、コスト部分を予測数字で作らざるを得ない状況でした。一九八七年一月締め決算提出は四月末が期限ですが、とても間に合わないことが判明しました。また複写機販売部門の実態が、今まで予測で提出していた月次決算数字を大幅に下回ることも判明しました。子会社のコナタ・ヴィッカーズとコナタ・マーシャンの連結決算作業も混乱を極めていました。この状況を澤村社長やコックス取締役に報告すべきかどうかと迷っているうちに、ずるずると機会を逸してしまいました。三月末に赴任してきた槇山新社長を交えての経営トップでの引継ぎ会議が、事態を報告する最後の機会でしたが、とてもその勇気はありませんでした。三月から四月にかけては新社長就任パーティや優秀ディーラー表彰パーティなど華やかな行事が相次いで、とても皆さんに実情を話して水を差す雰囲気でなかったこともあります。しかし結局は私自身の弱さに起因するものです。当時私が怖れていたのは、決算作業混乱の実情を報告することは、私のマネジメント能力の欠如を露呈することであり、ひいては将来のキャリアにも影響してくる、最悪の場合は退社しなければならなくなるということでした。当時私が積極的に推進していた第三のディーラー買収、ピータールウェリンの子会社化も、この決算作業の実態が判明すれば頓挫してしまうと危惧しました。

私は正常な判断能力を失い、先々に起こり得る影響も考えずに、自分一人で数字を捏ね繰り回して決算書をつくりあげました。いつかは露見すると怖れて、槇山社長に告白しようか、いや今更やめておこう、と悩みに悩みました。ところが四月末のエムビックス・U

K取締役、コナタ本社経理課長、監査法人クーパー社との合同会議をなんとか乗り切ったので、これで逃げきれると思ってしまったのです。

その後一九八七年一月期の正しい税前利益は、私の作成した数字をはるかに下回ることが判明しましたが、もう後戻りはできず、既に承認済みの虚偽の決算書に基づき辻褄の合う形で月次報告、そしてその後の年次決算報告を続けてきました。いつ露見するかと怖れながら過ごす日々は本当に長いものでした。特に槇山社長が時折、「利益が出ているのにどうして銀行借入が増えていくのか?」「子会社との連結数字がよくわからない」などと、私の虚偽の数字の矛盾点に関する問い質しがあるたびに、辻褄を合わせる回答を準備すべく慌てて自室に戻ったものです。

私は今や完全に自尊心を失い、犯してきた罪の深さと恥ずかしさで一杯です。私としては、現在の状況を修復すべく槇山社長に全面的に協力申し上げる所存ですが、昨日も申し上げた通り、一日も早く辞職させていただきたくお願い申し上げます。

一九九〇年　九月一六日　リチャード・ドッズワース　』

読み終えた槇山は、ただただ虚無感に襲われていた。幾度も不審に思いドッズワースを呼びつけながら、なぜ見抜けなかったのか、と痛恨の思いを深くした。さらには昨年の社内クリスマスパーティで、彼がエミリー夫人と仲睦まじくジルバを踊る姿が突然脳裏に蘇った。

槇山にとっては悪夢のような三ヶ月が始まった。エムビックス・UK社の社外取締役でもある英国三星商事橋本経理部長に、本件への全面的サポートを要請した。彼とともに三回に亘ってドッズワースを査問し、真偽決算書の差異分析を行い事態の全貌を摑むとともに、彼には告白書記載の動機以外には、不正流用などの事実は見当たらないことも確認した。また三年もの間、気づかずに経営を執行していた自分の責任を痛感しながらも、形だけのおざなりな監査を続けてドッズワースの不正を見抜けなかったクーパー社への槇山の憤りは激しく、同社パートナーの更迭と損害賠償を請求するという強硬手段を検討した。しかし本件が表沙汰になることを恐れるコナタ、三星本社が槇山を宥めるために出張者を送ってきたことで、さすがの槇山も断念せざるを得なかった。

一方槇山は帰国命令が出ることを覚悟した。不正を見抜けなかっただけでなく、修正後の正しい決算数字に基づけば、一夜にて優良会社から赤字会社に転落したので、責任は甚だ重いと感じていた。

英国三星商事大林社長以下は、槇山が事態を解決するためのあらゆる支援を惜しまなかった。また本社情報機器部の伊能部長、竹下部長代行も槇山を全面的にバックアップする体制を組んでくれた。

しかし、槇山の責任問題は東京側で議論になった。当時、三星商事本社では一九八七年の組織改編により、エムビックス取引の所管部、光機資材部は名称を情報機器部とかえて、旧来の資材グループよりＩＴ産業グループに編入されていた。ＩＴ産業グループは情報化という時代の要請に応じて、三星商事期待の新しい営業グループ『第七艦隊』として発足したが、実情は機械、非鉄、鉄鋼部門の傍流の寄せ集めで目ぼしい商圏に乏しく、資材グループ傘下で日銭を生み出しているＯＡ機器取扱いの情報機器部と、家電品扱いの民用機器部を新グループ発足時に取り込んだのである。しかしこの三年間で総合商社特有の社内ポリティックスで、いつのまにかＩＴ産業グループのトップから資材グループ出身者は消え去っていた。

そのような背景の中でドッズワース事件が起きたため、ＩＴ産業グループ担当の常務、本部長などからは、槇山が虚偽の決算数字を見抜けなかった責任は大きいとして、直ちに帰国させるべきではないかという意見も出されていた。またＩＴ産業グループ内で槇山に反感と僻みを持つ者も少なくなく、「槇山は社有車とはいえジャガーを乗り回している、優良会社の社長として煽てられて、いつの間にか本来の経営を見失っていたのではないのか！」と批判の声も上がっていた。

一方、エムビックス・UK社の七〇％の株を持っているコナタ本社では、岡崎取締役経理部長を英国現地に派遣し、過去の経緯を詳細に調査して善後策を検討した。いろいろ意見が出たものの、最終的には槇山の続投がコナタ井田会長の一言で決まった。

「コナタは三年前に三星商事に槇山君を名指しで要請して英国の市場を任せてきた。彼が見抜けなかったのであれば致し方ないし、今のエムビックス・UK社の難局を乗り切ることを託せる者が他にいないじゃないか」

井田は六月のコナタ株主総会で社長の座を米村に譲ったが、相変わらず実力会長として君臨していた。

本件は、一九九〇年一月期決算及び監査がようやく一一月に終了し、事件発覚以来三ヶ月ぶりに決着した。

槇山は一二月二四日付最終報告書に次のように記した。

『頭書の件に関しては、九月中旬に事態の判明以来、関係各位の御協力を得て真相の解明と解決に努めて参りましたが、漸く最終処理に入りましたので報告申し上げます。

小職が三年半に亘り事態に気がつかず当社の経営を取り進めてきた責任は誠に重く、繰り返し反省してみても痛恨の極みです。この解決に至るまで皆様から温かい御支援をいただいたことに改めて深く御礼申し上げます。

…………中略…………

小職は赴任して三年半になりますが、この間に経済情勢並びにマーケットも年々悪化していく過程で、当社の真の収益力を知らずして重要な経営判断をしてきた結果が現在の苦境を招いたわけで、悔やんでも悔やみきれません。一九八七年のロンドン二支店を四支店へと拡大路線、また一九八八年の投資会社アースキン社との方向転換等、当社の本当の実力を知っていれば別の経営判断をしていたでしょう。

また子会社の管理と収益改善を進める責任者・ドッズワースが隠蔽行為に腐心していたために実態と遊離し、資金面並びに管理面でますます問題を累積する悪循環に陥ってしまいました。この間小職がなぜ気づかなかったか、今でも自問自答を繰り返しております。彼だけは裏切らないだろうという甘い考え、バランスシートで経営状況は把握しているとの過信、英語での理解力の限界、ＡＵＤＩＴ業務の重要性に関する認識欠如、などなど詮無い反省を繰り返す毎日です。

本件を通じて、従来のマネジメントスタイルを反省し、今後どのようにすべきか考えています。従来の常套文句である子会社の『自主独立に依る活性化』で良いのか、また当社の伝統である英国人幹部の登用と権限付与との『英国流ジェントルマンスタイル』で果たして良いのかを再検討しております。というのも当社の外延の拡がりと市場の成熟が重なり、経営面ではエムビックス・ＵＫ社の既存の英国人マネジメントの能力と経験を超えた状況に直面しているにも拘わらず、小職並びに経営幹部がそれに気がつかず、重要事項の詰めとチェックをドッズワースに依存し任せていたところに、本件の遠因があると反省しておるからです。ドッズワースが自分の役割と能力の限界を認識せずに全てを抱え込み、結局は破綻していくことになった次第で、彼の犯した罪は決して許されぬものではありません。しかし一九八一年から当社主要ディーラー五社をいきなり買収して、エムビックス・ＵＫ売上高の三〇％を占めることとなったロンドンリバプール社の出現、そして一九八四年の同社の突然の倒産、さらには追い打ちをかけるように別の投資会社アースキンハウスが、次々と当社ディーラーを買収……かような創業以来の危機に直面してディーラー取引中心から、主要地域の子会社化と、ロンドン直販網の拡充に突っ走ったこの六年間の歴史の中で、常に中心にいたのはドッズワースでした。激動の中で結局コントロールできず破綻していった犠牲者と思うと、なんとも暗澹たる気持ちであります。

……………中略……………

今回の事件を通じて、なぜかような事態を生んだのかを反省し、将来の経営体制の再構築を進めていく所存であります。これを実行するためには、邦人トップが事態を直視し協議し、最終方向を決めて突っ込んでいくほかにないと思っております。英国人に任せて委ねることも一案ですが、当社の過去と現状を顧みるに、能力を見込んで任せたつもりが裏切られたという事態が再び起こると、まさに当社の命取りとなります。

本件の解決に至るまで、多くの皆様から温かい御支援をいただきました。株主側で小職に現職務を遂行するようにとの御意向である限りは、一日も早く新生エムビックス・UK社を軌道に乗せることが、唯一課せられた責務と存じます』

九月一〇日に事件が発覚してから、ドッズワースには過去の修正決算作業、並びに一九九〇年一月決算と監査作業に従事させ、やっと終了したので、一一月末をもって退社させることにした。金銭面の私的流用はなかったものの、その行為は決して許されるものではなく退職金は出ない。彼が退社することをエムビックス・UK社内へ告知したところ、営業部門からは驚きと悲しみで受け止められ、管理部門は冷めた反応であった。ドッズワースは、営業部門や子会社からの要望には傾聴し過ぎるくらいのところがあり、一方管理部門の長としては、むしろ閉鎖的で部下と一線を画すタイプであったので、このような対照的な反応であったのであろう。

槇山は、不正を犯したドッズワースに対し怒りを覚えたものの、事件の顚末が明らかになるにつれて、なぜもっと早く気づいて、彼が泥沼に落ちていくのを阻止できなかったのかと自責の念に駆られるようになった。エムビックス・UK社経営陣の積年の膿と驕りが、一人の犠牲者を生んでしまったとの思いであった。

いろいろ悩んだ挙句、個人的にでも彼の退職前に会食する席をもうけようと山根ダイレクターを誘った。

「山根君、ドッズが一一月末に退社するにあたって、会社としての送別会は開くわけにはいかないけれど、個人的に一度会食しようと思う。君もジョインしない？」

山根がいつになく険しい眼をして答えた、

「槙山社長、なんですって？　ドッズは犯罪者ですよ、たとえ個人的であろうとも送別会を催すなんて非常識と思います」

「そうかな、勿論社内には知られないようにひっそりと会食するつもりだ」

「どうして彼を慰労しなければならないのですか？　私にはその趣旨がわかりません」

「慰労するというより彼が不憫でね。今回の事件も考えてみればエムビックス・ＵＫ社のずさんな経営のつけが一挙に噴出して、ドッズという犠牲者を出してしまったと言えるのではないだろうか」

「槙山社長は甘いと思います。コナタ本社が彼のために大変な苦労をしたことはおわかりでしょう。許すわけにはいきません」

いつになく自分の感情をむき出しにしゃべる山根の姿を見て唖然とした。さらに彼は付け加えて言った。

「槙山社長が彼と会食したいとおっしゃるならお止めはしません。私は参加しませんけれど」

「そうか、わかった。二人だけで会食するよ」

山根はしばし無言で槙山の前に立っていたが、いきなり滔々と話し始めた。

「この際率直に申し上げておきます。今回のドッズワース事件が起きたあと、エムビックス欧州ＨＱ雲間社長などは、槇山社長の経営スタイルが独裁的だと批判しています。他人の意見に耳を貸さないと言っています。そのような社内では、ドッズワースもなかなか率直に打ち明けられなかったのではないか、ということです」

槇山はしばし山根を見据えて、

「それで山根君はどう思うの？」

「雲間社長の考えは極端ですが、それはそれなりに当たっているところもあるのではないでしょうか」

山根が退出したあと、槇山は考え込んだ。一番身近にいる山根でさえ批判的である。無性に悲しくなった。

一一月二九日の晩、槇山はドッズワースをオルセットマナーハウスのレストランに招待した。ロンドンから一五マイルほど東に行ったテームズ河口に位置している。ローストビーフとヨークシャー・プディングが美味しいと評判である。

ドッズワースは、今や悟りきったようなすっきりした顔で現れた。フランスのボルドーワインやイタリアのアマローネの歴史談議に花が咲いて、瞬く間に時は過ぎていく。二人はいつしかエムビックス・UK社の良き時代に思いを馳せていた。

「リチャード、君の在勤期間にいろいろなイベントがあったが、どのことが最も印象にのこっているかな?」

「業務関連でのことですか?」

「そう、グループ会議とか、ディーラートリップとか、セールスマン決起大会とか、毎週何かしら特別の催しがあったので、難しい質問かな」

ドッズワースはしばし考えたあとで言った。

「やはり一九八八年三月にロンドンのサヴォイホテルで開催したグループ会議でしょう。一九八七年にディーラーのピータールウェリン社を子会社化し、一九八八年二月にはエディンバラにスコットランド支店を開設したことで、改めてグループの結束を固めようと皆を集めましたね。エムビックス・UK本社、エムビックス・マーシャン、ヴィッカーズ、ピータールウェリンの三子会社、ロンドン支店、スコットランド支店の総勢一〇〇名の全管理職を集めての会議で、いわば新生エムビックス・UKグループの決起集会でした。本当にエムビックス・UK社の未来が輝かしく見えた時でした」

「そうだったな、皆勝手なことを発言していたけれど、熱気に満ち溢れていた」

二人は過去の栄華に浸って感傷的になる。

「ところで、昨年のラッセルホテルでのクリスマスパーティも盛り上がったね。君がエミリー夫人とジルバを踊っていた姿が目に浮かぶよ」

「そうでしたね、楽しかった……」

ドッズワースの表情が急に暗くなる。

「槇山社長に告白した九月一三日の晩に、エミリーにすべてを打ち明けました。なんでそんな馬鹿なことをしたのかと怒られました。あとは二人で涙にくれるばかりの夜でした」

槇山は急に暗い話題になり、どうのように言葉を継いでいいか戸惑ったが、前から気になっていたことを思いきって尋ねた。

「これからの生活はどうするの？」

「エミリーが市役所に勤めていますからなんとかやっていけるでしょう。私は今回の問題で公認会計士の資格は剝奪されたので、一般企業への就職は難しいです。幸いなことに近所のスーパーから、経理を手伝ってくれないかという話があるので、これに応じようと思っています」

槇山はこれを聞いてホッとした。

既に九時半を回っていた。二人はレストランを出て駐車場に向かった。別れ際に、互いに言うべき言葉も見つからず無言のまま握手を交わした。槇山はドッズワースの車が走り去ったあと、改めて夜空を見上げた。雲一つなく澄んでいた。「どうしてこうなってしまったのだろう」と沈んだ気持ちで車に乗り込んだ。


槇山は、一一月初旬に一〇日間ほど東京へ出張した。

出張前日の晩に家族を連れて、隣町バッカーストヒルの中華料理店「鳳鵬」で食事をした。家族揃っての食事は八月の南イングランド旅行以来である。妻の直子、そして二人の娘、桂と遥も、槇山の疲れ切った様子を心配し、努めて明るい話題と冗談で食卓を盛り上げていた。長女の桂は、パブリックスクール、バンクロフト校にすっかり馴染み、成績が良いことを自慢げに話した。

「パパ、最近私は自分でも頭が良いと思うことが多いのよ。いずれは日本に帰国するのでしょう？　私はこのまま残ってオックスフォード大学を目指そうかしら」

「おいおい、馬鹿なことを言うなよ。三年前には無口の桂とからかわれていたのは、一体どこのどいつなんだ。桂は成績が良いかもしれないけれど、しゃきっとしていないから、とても海外で自立していけないと思うよ」

一方、次女の遥は、オークランド小学校でスポーツが得意で人気者のようだ。

「私の話も聞いてくれる、パパ？　昨日エセックス州のネットボール大会があって、私が七点も決めて準優勝したんだよ！」

「そうか！　凄いね。ところでネットボールっていうのはどんなスポーツなの？」

直子が呆れたような顔を見せた。

「あなた、たまには子供たちのやっていることに関心を持ちなさいよ！　仕事とゴルフだけの生活だけで、ちっとも英国に馴染んでいないじゃないの。隣家のジェーンも『お宅の旦那を見ていると、日本人はワーカホリックの固まりということがよくわかる』と言っているわよ」

槇山は、他愛のない会話をしながら、家族とクリスピーダックを頬張る幸せを心の底から感じていた。

今回の槇山の東京出張は本件の報告もさることながら、エムビックス事業に携わる欧州販社責任者が一堂に集まる会議へ参加するためでもある。第一日目の一一月一日に、まずはコナタ本社を訪れた。岡崎取締役経理部長と連結決算数字の打ち合わせをし、情報機器事業本部の各責任者を訪れ本件の経緯と対処を説明した。そして関連部局の全員が集まっての合同会議が開かれた。槇山は覚悟をしていたものの、会議の雰囲気は中堅幹部を中心として彼に冷ややかなものであった。その中でも特にエムビックス欧州ＨＱ雲間社長は、ドッズワース事件以来槇山への批判を強めていた。つい一年前までは、エムビックス・ＵＫ社が好調なのも、槇山のリーダーシップの賜物であると褒め称えていたのに、まさに勝てば官軍負ければ賊軍である。

夜遅くまで続く報告と会議の連続に、槇山は疲労困憊してホテルに戻った。時差呆けでなかなか寝付かれない中で、心からねぎらいの言葉をかけてくれたのは、落下常務と大川貿易部長だけだったなあ、とつくづく自分の不徳を悔やんだ。

翌日の一一月二日は三星商事本社へ出社した。槇山の古巣、光機資材部は情報機器部と名称を変え、ＩＴ産業グループに編入されて三年を経過していた。今やそのグループのトップ並びに中枢には旧資材本部の者が誰もいないことに、なんとも言えぬ寂しさを覚えた。したがって岩谷専務、駒村常務に今までの経緯報告をして質疑応答に応じる場は、温かみとはほど遠いものであった。槇山は、今回ほど早く出張を切り上げて家族のもとに帰りたいと思ったことはなかった。

東京滞在も半ばを過ぎた頃、急にコナタ秘書室から電話があり、コナタ井田会長から七日の夜に夕食をともにしたいと誘いがあった。当日は東天紅に会食の席が設けられ、槇山の他にエムビックス・インター澤村社長、エムビックス・フランス岩山社長が招待された。槇山をはじめ、澤村と岩山も三星商事からの出向者である。この席にもう一人、エムビックス欧州HQ雲間社長が招かれていた。

最近、コナタの若手は欧州エムビックス販社の経営は、もはや三星商事の力を頼らずとも自分たちでできる、とコナタ幹部を突き上げていたが、落下常務から、「何を思いあがっているのか、三星さんの力がまだまだ必要だ」と一蹴されたとのこと。実際に欧州エムビックス販社社長に澤村と槇山を指名したのは落下である。こうした状況下で井田がこの会食を設営したのは、とかく三星商事出身者を批判している雲間への牽制でもあった。槇山はドッズワース事件の戦犯であり、澤村は槇山の前任者である。井田会長はコナタの関係者に彼らをバックアップする姿勢を示そうとしたのである。

東天紅での会食を終えると、井田会長はまだ飲み足りないと言い、四名を引き連れて近くの寿司作に繰り出した。ここはコナタ本社が入っているビルだけに、情報機器部門の幹部の集まる溜まり場になっている。ちょうど、新川電送事業部長、武藤開発センター長、角田企画部長を中心に六名ほどが気焔をあげていた。井田が突然に現れたので、皆は首を縮めて居心地の悪そうな顔をしたが、そんなことには頓着しない井田は、槇山たちを伴って談笑の輪にずかずかと入っていった。話題はどうしてもエムビックス事業のことになり、新商品開発が遅いとか、サービス体制が不十分であるとか、井田からの叱咤激励が多く、そのたびに皆が首をすくめるのである。宴もそろそろお開きの頃合いとなった時、井田は槇山と澤村を自分の両側に呼び、やおら立ち上がって二人の肩に手を回すと、こう言い放った。

「どうもエムビックス欧州事業は山あり谷ありだな。ここにいる皆も欧州販社をバックアップしてやってほしい、俺はこの槇山、澤村たちの応援団長だ！」

槇山は目頭が熱くなった。

槇山は一一月一一日に英国に戻るべく成田空港に向かった。翌日の明仁天皇即位礼正殿の儀を控え、一六〇ヶ国から外国要人の来訪が予定されており、空港ロビーには物々しい警備体制がしかれていた。槇山も気忙しく追い立てられるようにロンドン行きJAL便に乗り込んだ。

水平飛行に入って機内は暗くなっていたが、なぜか神経がいらだって眠気もない。槇山は眠れぬままにこの一〇日間の東京滞在を振り返っていた。

昨晩は涌井忠正に神楽坂「鳥茶屋」に連れていってもらった。涌井は繊維資材グループの資材本部長で、今や槇山とは営業グループを異にするが、いつも心置きなく話せる上司であり先輩である。槇山は最近の欧州エムビックス事業、そしてドッズワース事件の経緯を事細かく話し、コナタ及び三星商事東京の対応を説明した。杯を重ねても涌井はいつもながらのシャープな頭で、時々質問を投げかけ、またコメントを挟む。

昔から後輩を叱ることもなければ、面前で褒めることもないが、槇山はしみじみと語りかけるような彼のアドバイスを思い出していた。

「ドッズワース事件は、いわば欧州事業の積年の膿が象徴的に出たと言っていいのではないかな。一九七八年のコナタ資本参加以降を振り返ると、コナタ社の新機種開発の遅れと価格対応力のなさが続き、一方の三星商事本社は欧州事業をコナタ社に任せたつもりになって、ただ輸出売上高と利益額の増加に満足する安逸な姿勢、そして欧州販社側では市場激化に応じて現地幹部を指導育成することを怠ってきた。今やそのつけが来て欧州事業全体が危機的状況にあるのだと思う。この状況をドッズワース事件が象徴的に示しているのではないかな。槇山君はその流れの中で棹差し、なんとか漂流しないようにしていたが、運が悪いというか起こるべくして起きたというか、とうとう座礁してしまったわけだ。槇山君一人の責任というより、この欧州エムビックス事業に携わる全員の責任だね。その意味では、この路線を敷いた一人である僕にも責任がある。

今後のことだけれど、これからコナタ社の開発力や価格競争力が一朝一夕に改善するわけではないし、今の三星商事本社ＩＴ産業グループでは、金の面でも人の面でも資源を投入することは期待できない。あとは現地販社の努力で、組織のスリム化、現地幹部の育成、できれば事業の多角化ぐらいしか方策はないだろう。槇山君も大変だろうが君がやらずして誰がやるのか。周りを見渡しても今や君の力に頼るほかないようだ。但し、思い詰めないこと、繰り返すけれど思い詰めないことだよ。対外的には自分に責任があると表明しても、心の中ではケセラセラの姿勢で、結果を環境のせいにするんだ。決してかつてのエムビックス・フランス社長の吉水君のように責任を背負いこまないこと！」

槇山は、鳥茶屋を出て互いにタクシーに乗り込む際に、涌井がいつものように姿勢正しく握手を求めてきた姿を思い浮かべていた。機内は真っ暗だ。三杯目のハイボールがやっと効いて眠気を催してきた。

第七章　片目のケン

一九九一年に入っても、エムビックス・UK社の経営は苦境にあった。粉飾決算が露呈したドッズワース事件の余波だけでなく、英国経済低迷の影響をもろに受けていた。英国は九〇年後半より深刻な不況に突入し経済成長はマイナス二％を記録した。企業倒産が続出し失業者は二五〇万人にも達した。その環境下でPPC複写機及びFAXマーケットは前年比二〇％もダウンし、市場には流通在庫と中古機が溢れ、ディーラーは資金繰りが悪化して倒産が続いた。エムビックス・UK社だけでなく、競合会社のマイコー、オペルタ等の英国販売会社も苦境に立たされ、まさに各社とも我慢比べの様相を呈してきた。

エムビックス・UKの一九九一年一月決算も売上高四〇〇〇万ポンド（一一〇億円）、損失二〇〇万ポンド（五億円）という惨憺たる結果となった。槇山は経費削減と人員整理で懸命に苦境打開を図るが、とても追いつくものではなかった。

そこに追い打ちをかけるように、新たにエムビックス・ヴィッカーズ社の問題が浮上してきた。

ヴィッカーズ社はマンチェスター地区の大手ディーラーで、バーミンガムのマーシャン社に次いで、一九八六年にエムビックス・UKが買収して、二番目の子会社となっていた。買収後もヴィッカーズ一族に経営を任せており、エムビックス・UKからは槇山以下三名が非常勤取締役として入っていた。社長のケン・ヴィッカーズは幼少時に疱瘡で片目を失い、常に黒の眼帯を装い、まさにカリブの海賊の風貌であった。「マンチェスター・マフィア」とでも言うが如く、家長であるケンの統率のもと、中枢はファミリーで固め、自社の利益のためであれば、なんでもやる荒っぽい経営スタイルをとっていた。ヴィッカーズ社主催のゴルフコンペでは、一番ホールのティーグラウンドで、招待客全員の片目に黒の眼帯をさせてプレーさせる余興も相俟って、マンチェスター近郊では独特の経営で名を馳せていた。

ヴィッカーズ社を買収した経緯をたどれば、当時エムビックス・UK社の大手ディーラーを次々と買収した投資会社、アースキングループの勢力拡大をおさえるために、またヴィッカーズ社がアースキングループになびく前にも、ともかく買収を急いだのである。

しかし、エムビックス・UK社内には、子会社管理を含めたグループ経営を行う人材もノウハウも蓄積されておらず、買収後もケン一族に経営をゆだねざるを得ない状況にあった。

そしてエムビックス・ヴィッカーズの背信行為は起こるべくして起きたのである。一九九一年八月のある朝、槇山は営業部門担当ダイレクター、ウェッブより詳細な報告を受けた。

事の発端は一九八七年に遡る。ちょうどエムビックス・UK社長が澤村から槇山に替わった時期である。それまでケン・ヴィッカーズは子会社社長ながらやりたい放題であった。ところが、エムビックス・UK社長が澤村から槇山に替わり、方針と経営スタイルも変わったことから、勝手気儘な行動は許されなくなった。それでもケンは、相変わらず陰で動いていたのである。一例を挙げると、ケンは競合会社ミイタのディーラー、PCS社の市場機を買い取り、これをエムビックスPPCに置き換えていく構想を執拗に主張していた。しかし、赴任してまだ二ヶ月の槇山は、未だ英国市場の実情がわからないままに多額の資金を出すことに賛成はできなかった。あとでわかったことだが、槇山が買い取り不可の方針を出したにも拘わらず、ケンはこのミイタ扱いディーラーPCS社に密かに出資し、傀儡をたてて、この競合販売会社を買収して運営していたのである。

槇山はダイレクターのウェッブに事態の究明を指示した。ウェッブは誠にしつこい性格で何事も徹底して行うタイプであり、私立探偵を雇い徹底的にヴィッカーズ社を洗った結果、次々と背任行為が明らかとなった。リース会社を設立して利益の還流、ヴィッカーズ社資金を使ったファミリーへのローン、妻と娘はカンパニーカーを乗り回している、などなど……そして貯め込んだ金を脱税目的で、タックスヘイブンの島、アイルオブマンに蓄財までしていることが判明した。

槇山はウェッブを長とする対策本部を設け、まずはヴィッカーズ社に、種々理由をつけて九月二〇日付でエムビックス・UK社のマクゴニル管理部長を出向させ、送り込むことに成功した。そして九月三〇日をX‐DAYと定めた。エムビックス・UK本社でヴィッカーズ社取締役会を開催して、ケン社長並びにファミリー一族の取締役解任、同時刻にヴィッカーズ本社にエムビックス・UK社員たちが乗り込み直ちに事務所占拠、というアクションプランを作成し、九月三〇日に向けて極秘裏に準備を進めた。

その日がやってきた。槇山が七時に本社に到着し、執務室で腰を下ろすのを待っていたかのように、総務課長アン・ボールが飛び込んできた。エムビックス・UK唯一の女性幹部で、小柄ながら迫力ある容姿の持ち主である。普段はあまり仕事らしい仕事はしないものの、何か人事絡みの不祥事が起こると八面六臂の活躍をする。槇山は彼女を密かに「ゲシュタポ・アン」と名付けていた。

「槇山社長、おはようございます。早速ですが、ケンと娘婿デイビスが、マンチェスター六時四五分発ロンドン行きに搭乗したことを確認しました。そしてヒースロー空港からこ こ本社バジルトンまでは、彼らの車を尾行するように手配しました」

槇山は、アン・ボールが、眼を輝かせて、そのトランジスターグラマーの肢体で迫りながら報告する姿に苦笑しながら、

「そうか、予定通りだね、ご苦労さま。ところで特別警備員は何名来るの？」

「三名です。この社長室に九時までに来てもらって、隣の役員会議室に盗聴器を設置します。取締役会が紛糾すれば、直ちに踏み込んでケンとデイビスを連れ出す手筈になっています。平穏に二人の解任が決議された場合でも、彼らが玄関を出て車に乗るまで連行していきます」

槇山は、アン・ボールが、何か事件が起きたら面白いと思っているかのように微笑しながら話すのを眺めながら、ここに至るまでなぜもっと早く事態を摑めなかったのだろうかと反省していた。今から思うと、やはりドッズワースがこの背任の事実に薄々気がつきな

がらも、売上優先という理由で、自分の中に抱え込んでいたのかもしれない。

予定通り一〇時半にヴィッカーズ社取締役会が始まった。開会直前にエムビックス・UKの顧問弁護士事務所・ウオーターハウス社からの二人が入室してきたので、ケンとデイビスはギョッとする様子を見せた。

議長の槇山が直ちに開会を宣言、そして畳みかけるように、ケンとデイビスの背任行為を指摘して解任動議を提案した。二人は茫然として槇山を見る。動議が賛成多数で可決される中、デイビスは顔を硬直させ、今までのヴィッカーズ一族の貢献を無視するのかと息巻いた。ケンは終始無言だった。黒の眼帯で片目を覆っているだけに表情が窺い知れず、不気味さを醸し出していた。

取締役会はものの一〇分で終了し、二人は警備員に囲まれて退社した。一方マンチェスターでは、一〇時半を期してヴィッカーズ社の本社並びに三支店にエムビックス・UK社から責任者が入り、完全にコントロール下に置いた。

エムビックス・UK社は直ちにケン・ヴィッカーズ一族に損害賠償請求の訴訟を起こし、半年後に和解金五〇〇万ポンド（一億三〇〇〇万円）にて決着した。その後、ヴィッカーズ一族には、過去の脱税の疑いで税務署の査察が入り、そのファミリービジネス全体は壊滅状態となっていった。

このX‐DAYの翌日の朝、アン・ボールがまた槇山の執務室にやってきた。

「槇山社長おはようございます。昨日もケン・ヴィッカーズの動向を監視しているマンチェスターの探偵と話しましたが、盛んに一族のメンバーと打ち合わせているとのことです。昨日マンチェスターの四事務所を占拠しそれぞれガードマンを配置していますが、槇山社長にも護衛をつけてはどうでしょうか？」

槇山はまたゲシュタポ女が来たかと内心で苦笑しながら、

「アン、僕はそんなにケンから嫌われているのかな？　襲うにしてもほかの英国人ダイレクターがいるはずだ」

彼女はここぞとばかり真顔になって、

「言いにくいことですが、ヴィッカーズ・ファミリーが最も憎んでいるのは槇山社長だと思います。澤村社長時代には煽てられて楽しく勝手気儘にやっていたのに、槇山社長の赴任以来すっかり変わってしまったのですから」

「君が心配してくれるのは嬉しいけれど、警護をつけるなど大袈裟だ。株主のコナタと三星商事が聞いたら何様だと怒るに決まっているよ」

アンは槇山を心配する気持ちもあるのだが、何かドラマティックな事件を演出している気分なのだろう。

「それでは、少なくとも会社の行き帰りは御自分で運転なさらないで、運転手を雇っては如何でしょうか？」

「アン、大丈夫だ、ケンも相当悪党だけれど、まさかそこまでやって刑務所に入ろうとは思っていないよ。ともかく自分の身辺は十分注意するので安心してください。ここしばらくはロンドン市内に自分で運転して行くことは差し控えるかな」

槇山はアンの心配を真摯に受け止めて、その後身辺に気を配り生活を送った。特に毎週土曜日には妻と二人の娘を乗せて、ロンドンの外環道M25をひた走って日本人補習校に送り迎えをしていたが、その時は流石に不安な気持ちになった。時には車間距離を保ちながらついてくる後続車が怖くなり、パーキングエリアで一時停止してやり過ごすこともあった。結局、アンの心配は杞憂に終わったが、ヴィッカーズ事件は槇山に大きなトラウマを残した。

第八章　ヒースロー空港

一九九〇年のドッズワース事件、一九九一年のヴィッカーズ事件、加えて英国経済の不況への突入と、エムビックス・ＵＫ社長槇山純平にとって苦悩し、もがき続けた二年間であった。

そのような状況下で、久しぶりに槇山が心晴れやかに楽しくホスト役をこなしたのが、ロンドン歌舞伎公演でのイベントとパーティであった。コナタ社は一九八九年に、ロンドン大英博物館内に設けられた日本ギャラリーの建設費として一億八〇〇〇万円の寄付をした。大英博物館は、その厚意に報いるために同ギャラリー内に『コナタギャラリー』を設け、日本最古と最新のコナタ製カメラを陳列した。

この流れを受けて、一九九一年秋、ロンドンで日本の文化と芸術を紹介するジャパンフェスティバルが三ヶ月に亘って開催され、コナタもスポンサーとなって二週間に亘る歌舞伎公演を実現させたのである。英国メジャー首相夫人と日本の海部首相夫人が、一緒に中村勘九郎親子の『連獅子』や坂東玉三郎の『鷺娘』を鑑賞し、メディアでも大きく取り上げられ反響を呼んだ。主催者側のコナタ井田会長と松竹の永山社長は、英国王室、日本大使館などとのパーティや会食に臨み、槇山は裏方として走り回った。

井田会長は六日間という短期間の滞在であったが、連日要人との会食に臨むハードなスケジュールであった。ある晩は、エリザベス女王の従弟、グロスター侯爵主催の晩餐会に主賓として臨んだ。侯爵夫妻に挟まれた席で、つたない英語でなんとか会話をしながら食事をするのは大変な苦行であったとのこと、またある日は日本大使公邸で、英国留学中の秋篠宮殿下や、作家の司馬遼太郎などとの昼食会が催され、いつも緊張して心休まる時がなかったとのことである。

井田会長の帰国当日に、今回の関係者が集まり日本料理店「政子」で昼食会を催した。久しぶりに日本酒をたしなむ井田の表情は、予定の行事を滞りなくこなした安堵感に溢れていた。槇山も、そんな井田を傍目に見ながら、怒濤のような二週間を懐かしく振り返っていた。

ヒースロー空港に向かう前に、井田はまだ飲み足りないと言って、ハワードホテルのラウンジに若手を集めてスコッチを飲み始めた。槇山ほか、エムビックス・インター澤村社長、エムビックス欧州ＨＱ雲間社長、など六名が井田を囲んで歓談となった。

「槇山君、これでハンブルク、パリ、ロンドンと続けてきたコナタ欧州歌舞伎公演も有終の美を飾れた、ありがとう、皆のお蔭だ」

「ありがとうございます！　ホッとしています」

「会長、秋篠宮殿下は何か恋煩いで留学生活に身が入らないと聞いていますが、先日の大使館での昼食会ではどんな様子でしたか？」

澤村がいつもの通り遠慮なく尋ねた。

「澤村君、そのようなことより玉三郎の鷺娘の良さをちゃんと観賞したのか！」

上機嫌の井田を中心に、皆は一仕事終えた安堵感から、心地よくスコッチを味わっていた。


一九九二年二月一六日、槇山が家族ともども日本へ帰国する日が来た。

朝七時、槇山は起床して携行荷物の最終パッキングをしようとしたが、めまいがして真っ直ぐ立っていられない。昨夜は英国での最後の晩餐とあって、イタリア料理店アルティスタでワインを飲み過ぎたせいかと思い、しばしベッドに横になってみたものの、やはり起き上がるとめまいが続く。何かに摑まればどうにか立っていられるのだが、どうも三半規管がおかしくなったようだ。今から医者を探して診てもらう余裕はないし、このまま帰国便に搭乗しようかどうかと迷い、決めかねていた。

「東京の芳文伯父さんに電話で聞いてみましょう!」と妻の直子が提案し、早速医者である伯父の井上芳文に国際電話をかけた。東京時間の午後五時で井上は幸い自宅にいた。

槇山にとっては、井上は人の良い酒飲みくらいにしか印象がなかったが、流石に餅は餅屋で、槇山が一通り症状を話すと、即座に診断を下しアドバイスをくれた。

「純平くん、やはり疲れだな、それと帰国を迎えほっとしたのだろう、身体は正直だよ。疲れがたまって一時的に三半規管がやられてめまいがするんだ。飛行機に乗り込んだらトラベルミンをもらってあとは寝ればいい。東京に到着する頃には治っているはずだ」

槇山はこれを聞いて拍子抜けして一安心。最終パッキングは直子と娘の桂、遥に任せ、迎えの車が来るまでベッドに横たわっていた。

ヒースロー空港には、エムビックス・UK社からは後任社長の伊能和彦ほか、コナタからの出向者である杉谷、米本が見送りに来てくれた。エムビックス・UK社以外では、ここ英国での友人、川瀬克人など数名が見送りに来てくれたことが嬉しかった。

槇山は、傍らの遥の手を固く握って、めまいでフラフラするのを悟られないよう留意しながら、一人一人に挨拶をした。周囲にはなんとも微笑ましい親子の姿と映ったに違いない。

成田行きＪＡＬ便に搭乗するや否や、言われた通りトラベルミンをもらい「全て完了！」と小さくつぶやいてシートに深々と身を埋めた。機内シネマは植木等の『日本一の色男』を流している。観るとはなしに観ているうちに、いつの間にか深い眠りについた。

第九章　漂流艦隊

槇山純平は一九九二年二月に三星商事本社ＩＴ産業グループに帰任した。情報機器部事務機企画チームリーダーとして、エムビックス事業全般を見ることとなった。情報機器部長は竹下正明である。

竹下正明は頭が切れシャープで、話題も豊富で人の気をそらさない。小さい時から青森十和田が生んだ天才と評判で、将来は官僚にでもなって日本の中枢で活躍すると周囲の誰もが思っていた。ところが頭脳明晰な上に小柄なことから、大学時代に名門ボート部のコックスに起用された。そのボート部の縁で先輩の強い推薦があり三星商事に入社したという。三星商事サンフランシスコ支店に赴任していた時は、普通であれば仕事が忙し過ぎると本社に泣きつくところを、逆にもっと仕事をくれと言って皆を驚かせたという逸話がある。仕事ぶりは、朝は寝ぼけ気味でグダグダやっているものの、夕方から急に拍車がかかり『たそがれの超特急』と揶揄されていた。深夜まで残業を厭わず付き合わされる部下はたまらない。

槇山は竹下との付き合いは古い。竹下は槇山より四年先輩で、一九八四年、光機資材部内でOA企画チームとOA開発チームが発足した時には、涌井忠正とともに槇山の上司であり、新規取引開拓に向けて一緒に苦労した仲である。槇山が一九八七年にエムビックス・UK社長に赴任した一年後には、竹下もエムビックス・インターナショナル副社長としてハンブルクに赴任してきて、欧州販社会議で始終顔をあわせていた。竹下は一九九一年に本社に戻り情報機器部長に就任する。当時槇山は帰国時期を控えて悩んでいた。古巣の情報機器部に戻れば、自分のキャリアもそれなりに確保されるとの現状安定志向があるものの、他方、エムビックス事業に携わって長い上に、エムビックス・UK社長としての苦労も並大抵ではなかったので、ここで思いきって過去の業歴から飛び出て、何か新機軸の事業にチャレンジしたいという気持ちも強かった。しかし他の部局からことさら引きがなかったことと、竹下が槇山に情報機器部に戻ることを強く要請したことで、古巣に戻ることになったのである。

槇山は、竹下には上司といえども遠慮したことがない。一方竹下も長年に亘って培われた槇山とのスタンスから、槇山が業務に関連して自分を飛び越えて上とコンタクトすることをも、不承不承ながら黙認していた。

竹下は会議の場で部下を説き伏せて自ら結論を出したり、方向づけたりすることが性格的に苦手である。また上司にたいして不満を述べたり反論したりすることを生理的に好まない。最初は槇山が自分の代わりに担当役員などに意見を言ってくれるのでありがたかったようだ。しかし時が経つにつれて、槇山が『お言葉ですが……』という枕詞で上司に、そして取引先のコナタに、自説を執拗に主張するのを内心苦々しく思うようになっていたようだ。


槇山が帰国した一九九二年二月当時は、三星商事は一九九〇年から始まったバブル崩壊の真っ只中にあり、組織改編や取引見直しなど後ろ向きの話が蔓延していた。遠藤社長の急逝を受けて社長となった棚橋晋吾がE‐プランを主導して、三星商事の立て直しに懸命となっていた。

槇山が鉄鋼グループの同期友人のもとを帰国挨拶で訪ねたところ、彼は窓際の離れた席に一人悄然と座っていた。聞けば商品相場に手を出して失敗し、借金取りに一日じゅう追いかけられることとなり、仕事にもならなくなって業務から外され、離れた席に座らされることとなったとのこと。三星商事社内では似たようなケースが少なからず見られるとのことで、日本経済のバブル崩壊を遠く英国より眺めていた槇山にとっては、慄然とさせられるばかりだった。

ＩＴ産業グループも一九八七年六月に発足以来、さしたる成果も挙げられず苦闘していた。元々機械グループの関連部署に、金属グループ並びに資材グループ内の部局を加えて発足したもので、いわば本来の機械グループの中では傍流の部局と人材が集まっており、資材部門からは日銭を稼ぐことを期待された情報機器部と民用機器部が組み入れられていた。さらには鉄鋼輸出部門の大幅なリストラで、はみ出た人材が大量に流れ込んできたために、グループ内は混沌とした人材の集まりという様相を呈していた。

このような混成部隊で、通信だ、ＩＴだ、マルチメディアだ、と商社としての新しい分野に取り組んだ。しかし、分社化と子会社設立の手法で商権を取り込むと言いながらも、所詮素人であり、結局はＮＴＴ、または東京電力など既存大手が主導する通信事業への一角に相乗りする手法が主体となった。ＩＴ産業グループの担当役員ならびに各本部長も、その相乗り新規事業投資と投融資残高を『ポートフォリオを組む』と称して、あたかも投資ファンド経営者のような立ち振る舞いをしていた。

このような状況下で槇山は、「本来の商社のありかたはこれでいいのか？」と次第に疑問を抱くようになった。日銭を稼ぐ取引を通じて商権の維持とか、随伴取引利益の確保とかを声高に言うこと自体が、旧態依然とした古き悪しき行動様式のようにとられることに釈然としなかった。またＩＴ産業グループは互いに馴染みのない新しい混成部隊だけに、担当役員や本部長に、麻雀、ゴルフ、飲食を通じ、部長以下の社員がおもねる風潮が蔓延していた。槇山はこれを見てますます反発心を強めるとともに、逆に同僚と同じようにできない自分の不器用さに苛立っていた。

何かと態度の煮え切らないコナタ、老舗企業独特の屈折したプライドを持つ体質のコナタとの欧州共同事業に、情報機器部の面々は外からは計り知れない苦労とストレスを抱えていた。担当役員や本部長たちが、長年苦労して築き上げてきた欧州販売網を軽視するような発言をするたびに、槇山は「欧州販社出向者の苦労を理解しているのはこの俺なのだ、俺が言わずして誰が言う！」という余計な気負いで彼らにかみつく。それが度重なり、槇山にはうるさくて鬱陶しい奴とのイメージが固まっていった。直属の上司である情報機器部長の竹下正明を飛ばして、担当役員や本部長に話しに行くのでいつの間にか『直訴の槇山』と言われるようになってしまった。

この『直訴男』を決定づける出来事が一九九三年一月六日に起きた。正月気分が抜けず皆ボケーッと仕事をしている中で、竹下が槇山を部長室に招き入れた。竹下はいつもの通り単刀直入に用件に入らず、「今年の賀詞交歓会は例年に比べ地味だよね、やはり景気のせいかな」などと世間話から始めた。槇山が簡単に受け入れない用件となると、ますますこの世間話が長くなる。せっかちな槇山はそれにいらいらして、右拳で膝を叩きながら、「ところでお話があるとのことですが、なんでしょう?」とせかした。

竹下も観念したようにやっと本題に入った。

「正月明けからいろいろ大変だったのだけれど、情報機器部から人を出さざるを得なくなったのだよ」

「ん? どういうことですか、人事異動ですか?」

「二池正則を医療機器部に、それと……いろいろ抵抗したのだけれど中川毅を民用機器部に……」と困った顔つきでぼそぼそと言った。

これを聞いて槇山は頭に急激に血が上るのを感じた。それからは竹下が縷々経緯説明するのを半分上の空で聞きながら、なぜこのような人事異動をＩＴ産業グループトップが決めるのかを考え続けていた。

『医療機器部にしろ民用機器部にしろ、右肩上がりで伸びているわけではない。敢えて増員するほどではない。さらにおかしなことは、情報機器部の中で飛び切り優秀な中堅若手の中川毅を異動させるとは解せない。現在この企画チームで、エムビックス欧州事業を自分の片腕となって支えている中川をわざわざひっぱがす……これはエムビックス事業の重要性を軽視しているのか、はたまた情報機器部の家族的雰囲気に対する嫌がらせとしか思えない』

槇山は言い訳がましくしゃべっている竹下に愛想をつかし、きりのいいところで席を立った。

自席に戻っても怒りは全く収まらない。収まらないうちにいつの間にか後藤電子事業本部長室の前にいた。秘書の川井容子が怪訝な顔で、

「槇山さん、興奮したような顔してどうしたの？」

「本部長はいらっしゃる？」

川井は槇山の怒った様子に慌てて本部長にとりついだ。後藤は自席に悠然と座っていて、入室してきた槇山を「やはりやってきたか」とにやにやしながら迎えた。

「槇山、そんなにいきり立っても人事とはそういうものだろう?」

「それでは本部長は、中川毅がエムビックス事業にはもう必要ないと思っていらっしゃるのですか?」

「そんなことは言っていないよ。槇山がいるからエムビックス事業も大丈夫だろう」

「私は中川をよく知っていますが、キャラクター的に民用機器部には向いていません。彼はちょうど四〇歳を迎え人生の節目です。本部長は本当に彼の将来のことを思い、この人事異動に賛成なのですか?」

後藤は一瞬慌てた様子を見せた。

「今回はIT産業グループ内で少し若手を横異動させる施策の一環で、俺の意見がどうのこうのということではない」

結局今回の人事異動は所管の後藤本部長の発案ではないとわかった。槇山はこれ以上話しても無駄と判断し、

「ではお話ししても埒があかないので、駒村常務に直接伺ってきます!」と捨て台詞を残して本部長室をあとにした。

さすがに『組織の三星』と言われるだけある。槇山が本部長室をあとにして、駒村常務

室に赴く三分の間に、槇山が上がってくるとの連絡が駒村のもとに既に入っており、駒村は腕組みをして待っていた。

槇山と駒村は旧知の間柄だ。槇山が船舶海洋部在籍時の一九七二年、ニューヨーク駐在の駒村と油回収船の商談で、国際電話を通じてやり取りしたのが最初である。その後は仕事上の接点はなかったが、お互いに元々は船舶海洋部出身という親近感もあり、槇山のエムビックス・UK時代、そして帰国してからも、駒村は、コナタ社のことは槇山が一番詳しいと思っていて、エムビックス取引に関する槇山の意見を傾聴することが多かった。槇山も駒村にはいつも臆せず物を言った。

駒村はその入道のような風貌から『ハゲ駒』と言われて三星商事社内では有名人だ。細かいところもあるが親分肌で、彼を慕うものが取り巻きグループを形成している。一方、槇山は駒村の実力には敬意は表するものの、キャラクター的には自分と異質であり、なかなか槇山の方から素直に懐に飛び込んではいけなかった。麻雀、ゴルフを通じて同年代の者たちが駒村の取り巻きとなっていたが、槇山は見かけによらず、そうした付き合いが不得手だった。駒村にしても可愛げのない槇山をわざわざ取り込む気にもなれない。したがって中川の人事異動問題が出てきた一九九三年一月当時は、二人の距離は昔と比べると少しずつ離れつつあった。

槙山にすれば、エムビックス事業にかかる重要問題は、相談がないのは仕方がないとしても、なぜ、あらかじめ教えてくれないのか、という気持ちがある。駒村としては、そこまで槙山の気持ちを慮るつもりはなかったということだろうか、それとも、あらかじめ話せば徹底的に反対され収拾がつかなくなると思ったのだろうか。駒村はかつて槙山を評して、イスラム原理主義者のように執拗に主義主張に固執する、と言ったそうだが、本当に槙山の反撃を恐れたのかもしれない。

槙山は入室して詰め寄ったが、駒村は自席で深々と腕組みした姿勢を崩さぬまま、中川を異動させる確固たる理由を説明せず、槙山がとやかく言うべきことではないと繰り返した。槙山はそんな駒村に対し、『彼はエムビックス事業の将来性に見切りをつけたわけではないが、もはやＩＴ産業グループの基幹取引とは思っていない。また中川など若手社員がいかに地道な努力で事業を支えているかが見えていない』と感じた。

駒村がまともに取り合ってくれない以上、槙山は短時間で退室せざるを得なかった。退室する際に槙山は駒村に言い放った。

「多分、中川は三星商事を辞めることになるのではないかと危惧します。ご存知のように彼は黒井ファミリーの一員で、お金には困らないし、肌合いの合わないところで仕事を続けるタイプではありませんから。そのようなことになれば三星商事は有望な人材を失うことになります」

「そんなことは俺の知ったことか！」

この言葉を聞いて槇山は、サラリーマン社会の非人間性とはこういうものか、と暗然として常務室をあとにした。

槇山の危惧した通り、中川毅は民用機器部に異動して六ヶ月後に三星商事を辞めていった。民用機器部で中川の上司の立岡久巳が、彼を慰留してほしいと頼んできたので、槇山も説得を試みたものの中川の固い決意はかえられなかった。

一九九二年の暮れも押し迫った頃、槇山は繊維資材グループ資材本部長の涌井忠正と久しぶりに一献傾けた。

「涌井さんがビジネススクールから帰ってきて、ＩＴ産業委員会事務局長として新グループ立ち上げの枠組みを答申した時と、今のＩＴ産業グループのありようは、どうしてこうも違ってきているのですかね」

「槇山君にそう責められるとつらいのだけれど、当初は機械、非鉄、資材の原籍を超えてチーム毎の異動とか、子会社間の商圏の移管も主要構想の一つではあったのだけれど、結局はセクショナリズムというか保身というか、安易な組織体制になってしまった」

「涌井さん、それは致し方ないにしても、その後ＩＴ産業グループの体制は、まるで機械グループ別動隊のような現状になってしまっているじゃないですか。グループ発足当時の組織案は、第一本部は元機械部門から、第二本部は元資材・非鉄から、としたところ、棚橋社長が『それでは機械部門主導という発想で良くない。第一本部を資材・非鉄からにすべきだ』と指示をして、結局第一本部長に資材本部出身の加藤聡さんが就いたと聞いています。このグループ発足当初の精神はどうなってしまったのでしょう」

「そうだね、グループ内のパワーバランスというか、政治力学というか、やはり機械第二グループのような姿になってしまったね。人事面でも第一本部長に就いた加藤さんは『おしん加藤』と言われるくらいにまじめでこつこつやるタイプ、資材部門出身者は、概してスタンドプレーを嫌って地道にこなして成果を出す者が多いから割を食ってしまうのかね。ＩＴ産業グループのように、海のものとも山のものともわからない新ビジネス、つまり一見虚業とも見える新ビジネスなり新規投資が華々しく打ち上げられ、本来地道に稼ぐ実業がその陰に埋没しているというところかな」

「それにしても涌井さん、ＩＴ産業グループの幹部には、つき従っていくような魅力的な人が僕には見当たらないのですが。私の育った船舶海洋部や資材本部にはそれなりに敬い慕う上司がいたものです。仕事ができてリーダーシップがあり高潔な人なんていないものですかね」

「槇山君、それは望み過ぎだ、僕自身も君もそのような人物像にはほど遠いのだから。駒村常務にしろ西浦本部長にしろ機械グループ集団の中では傍流にいて、ＩＴ産業グループ発足とともに移ったわけで、古巣を見返してやろうというふつふつたる執念みたいなものが彼らの原動力かな。それ故に清く正しくなんていう言動は無理だし、他グループと張り合う以上、政治的に動かざるを得ないと思う」

槇山は涌井がいつになく第三者的な立場での物言いで、なぜ自分と一緒になって現状に憤りを表してくれないのか、と不満を覚えながら酒をあおった。ＩＴ産業グループは棚橋社長が掲げるＥ‐プランの実現のための主要施策として、三星商事第七番目の営業グループとして発足し、米国の精鋭部隊、第七艦隊にも擬せられた。槇山は心の中で、『何が第七艦隊だ、日本が直面している情報化の大波に右往左往している漂流艦隊じゃないか！』

と毒づいていた。

間もなくして、涌井が一九九三年一月末をもって資材本部長を退任し、三星商事を去りセブンオックス社に行くことが発表された。涌井も繊維資材グループ内でパワーポリティックスに敗れた一人であった。

第一〇章　四面楚歌

情報機器部の収益は九〇年代に入って鈍化し、一九九二年には急激に悪化した。収益の主力である欧州エムビックス事業は、一九八九年にアンチダンピング税回避のため、コナタ単独で独国リューネブルクにＰＰＣ複写機の現地生産会社を設立したので、その影響を受け、三星商事本社からの輸出額も次第に減少していった。またＯＡ開発チームでも大鋼電機製カラープリンター輸出取引が新製品の遅れで低迷し、経常損失は一億円前後となった。両取引とも欧米での競争激化の環境下にあり、ここにきて三星商事とサプライヤーとの共同事業の構造的問題が表面化してきた。さらには電子事業本部長後藤豊の肝いりで、アップル製ＰＣの国内販社を三星商事独自で立ち上げることになり、本部内の儲け頭、情報機器部の管轄下におき初期費用を賄おうとしたために、同部の収益をますます悪化させることになった。

槇山は一九九三年三月締めの決算見通し作業を行う過程で、改めて過去のデータをもとに情報機器部の業績推移を取り纏めた。その結果を見て槇山は愕然とした。ＩＴグループ内での地位低下は一目瞭然である。

《情報機器部推移　単位：百万円》　《ＩＴ産業グループ》

年度	売上高	総利益	経常利益（エムビックス）	総利益	経常利益
八八年	三四四〇〇	一五〇〇	九七〇（一〇七〇）		
八九年	三五九〇〇	一二六〇	四八〇（五二〇）	一四六〇〇	一六〇〇
九〇年	三六四〇〇	一二一〇	二四〇（二八〇）	一七八〇〇	三一〇〇
九一年	三九〇〇〇	一三九〇	六〇〇（六八〇）	一八五〇〇	二〇〇〇
九二年	三〇五〇〇	一〇九一	一〇五（三三〇）	一八二〇〇	一五〇〇

一九八七年のＩＴ産業グループ発足当初から収益の大きな柱となってきた情報機器部の凋落を、周囲は冷ややかな眼で見ていた。これは情報機器部の姿勢にも起因していた。

一九七〇年代より紆余曲折はありながらも、一貫して右肩上がりで業績を伸ばし、常に資材本部の中核であり続け、ＩＴ産業グループに移ってからも、収益面で新グループの立ち上げを底支えしているという自負があった。また業務の特性から、欧米諸国を中心に数多くの駐在員を出し、日頃から華やかな活動が目立つことから、何かと他部の羨望と妬みを買っていた。さらにＩＴ産業グループでは機械、鉄鋼部門の本流を外れた社員が国内各地の出向先で這いずり回っていることが多く、そういう彼らの反発を招いていたのである。情報機器部の収益が悪化すると、改めて同部の事なかれ主義や閉鎖性に批判が集まるようになった。エムビックス複写機事業、カラープリンター事業関連で、海外子会社への支援や不良在庫など後ろ向き案件が多くなり、ＩＴ産業グループ諮問委員会に付議されるたびに、「今まで事実を隠蔽していた」「サプライヤーと徹底して協議していない」と、情報機器部に厳しい批判が浴びせられた。

槇山は気が滅入るような決算予想数字を眺め、幾度となく検証を繰り返しては、吐息をつくばかりであった。英国から一九九二年二月に帰国して、エムビックス事業全般を見る立場になって以来、各販社で次々と問題が表面化してきた。

事の発端はエムビックス・インターナショナル社の前年度決算の遅延であった。一九九二年一月締め決算数字が四月末になっても出てこない。欧州事業は競争激化の中でも頑張っているという周囲の認識であったところ、その欧州販社の中核である同社で、多数のレンタルバック機が帳簿から漏れていることが判明した。この状況把握に努める過程でレンタル機どころか管理体制の不備が露呈し、遅々として決算作業が進まない。

ＩＴ産業グループ内で『今まで模範的販社と言われたエムビックス・インター社の管理体制が機能していない上に、収益源のレンタル機が不良資産化して経営は今後大丈夫なのか。一年半前にもエムビックス・ＵＫ社で粉飾決算事件が起き、それ以降同社も業績が低迷している。今まで華々しかった欧州エムビックス事業の先行きは今後どうなるのか？』との疑念が芽生えてきた。エムビックス事業を統括する情報機器部への風当たりはますます強くなってきた。

ちょうどその頃、エムビックス国内販社スターオフィス社も、社内の軋轢で混乱をきたしていた。

コナタ社は一九七一年にＰＰＣ複写機エムビックスを世に出したのち、輸出市場では三星商事の海外ネットワークで順調に売上を伸ばしたものの、国内販売はパートナーの選択を誤って低迷を続けていた。こうした状況下で、コナタ社の要請を受けて三星商事光機資材部は、一九七四年に首都圏大手企業向け販売会社、丸ノ内エムビックス（株）を設立した。戸村浩一社長のもと、業界から販売とサービスのプロを集め、光機資材部からは若手の槇山純平、その後は大島伸二が送り込まれた。戸村社長以下社員全員が一介のＰＰＣ複写機セールスマンとなり、パンフレットを携えて、まずは千代田区、港区内の大手企業に戸別訪問を開始した。地道な努力で、五年後には東京首都圏では小粒ながらも高収益の優良会社と発展していった。戸村社長は根っからの商売人で、三星商事並びにコナタとの連携も良く、丸ノ内エムビックス社を育て上げた功労者である。

戸村は三星商事に戻り光機資材部長に就任したあとも、子会社丸ノ内エムビックス社の所管部長として相変わらず経営に関与し続けた。しかし設立以来、戸村の下で同社の発展に寄与した武見義雄を重用し過ぎ、結果的に彼の増長を招いたのである。一九九〇年には業容の拡大をもとに、社名をスターオフィス社に変更した。一九九二年、スターオフィス社の体質に不満を持ったＩＴ産業グループ担当役員、駒村常務は、活きがいいだけが取り柄の古藤邦彦を、三星商事北九州支店からいきなり連れてきてスターオフィス社の社長に据えた。ところが、古藤は親会社三星商事へのゴマすりと交際費を使うだけで、とても社長として社業を率いる能力はなかった。生え抜きでナンバー2の武見義雄は、その古藤を上手に操りながらスターオフィス社を意のままに動かし、批判的な幹部は左遷するなど専横を極めていた。槇山は情報機器部長の竹下正明とともに社外役員として取締役会に出席し、月次決算での不明朗な経費出費や、目的の判然としない組織改編を問い質すが、武見は薄笑いを浮かべて、のらりくらりと受け流し、経営状況を把握していない古藤は武見に追従する。槇山は時には声を荒げて追及するが、他の取締役が無反応であるためにいつも犬の遠吠えみたいになってしまう。竹下も槇山と同じ考えで疑問を投げかけるものの、性格的に相手と激しくやりあうことを好まない。嚙み合わぬ議論で場が沸騰していくのを避けようと、中途半端に収めてしまう。

このような状態はＩＴ産業グループ内でも話題になり、「所管部の情報機器部はコントロールもできずに何をしているのか？」と批判が出てきた。同部の事なかれ主義と閉鎖性が露呈された典型的な一件である。

一九九三年五月に、追い打ちをかけるように、欧州販社エムビックス・ベルギー社の問題が噴出する。

もともとはエムビックス・インター社のベルギー代理店であったＢＭＰ社を、一九八八年に三・七億円で買収し販売子会社にした。当時エムビックス・インター副社長竹下正明が積極的に動いて纏め上げたプロジェクトであった。買収後にコナタ社より送りこまれた大和社長の経営能力の問題もあり、人事問題、不良在庫、売掛未回収などが続出し年々業績が悪化していった。一九九二年には債務超過に陥り、現地銀行より借入金二九億円に関し親会社の保証をもとめられた。三星商事も応分の三〇％、金額にして八・七億円の保証枠設定が必要となった。

当時はＩＴ産業グループ内の子会社、投資先で経営が悪化して、本社の支援を求める事案が多々あった。それらに比べればエムビックス・ベルギー社への保証は金額的には大きなものではなかったものの、ここに至るまで情報機器部が適切に報告・連絡・相談を行ってこなかったことが問題を大きくしてしまった。まずＩＴ産業グループ管轄の海外子会社や海外投資先が少ないことがあり、担当役員、本部長、管理部長は、経営悪化の状況と支援策に関して、今一つイメージがつかめず不安が倍加していた。さらに本件は情報機器部長、竹下正明がエムビックス・インター副社長時代に手掛けた買収だけに、何かと猜疑的な眼で見られたのである。ここまで事態が悪化したのを適宜報告もしないで、にっちもさっちもいかなくなるまで隠蔽していたのでは、と厳しく情報機器部の姿勢を糾弾した。

竹下には決して隠蔽の意図があったわけではなく、折に触れて同社の経営が厳しいことを上司に説明していたのであろうが、彼独特の言い回しが災いし、相手に状況の緊迫性が伝わっていなかったのである。一方、竹下をサポートする立場の槙山にも責任はあった。自分がエムビックス・UK社長時代にディーラー買収で苦労した経験から、会社内部がよく見えないBMP社の買収には懐疑的であり、やはり経営が悪化してしまったか、と冷徹に見ていた。したがって他欧州販社に比べると同社への思い入れが希薄で、いつものように竹下に代わって、または竹下を飛ばして、上司に適宜報告して同社の経営を支援する努力を怠っていたのである。

六月一六日一〇時より『エムビックス・ベルギー社に対する保証枠設定の件』がグループ諮問委員会に付議された。

会議室テーブルの正面に駒村常務、左右に川町企画部長と内山管理部長が座り、両サイドに柏原宇宙航空機本部長、西浦通信放送事業本部長、後藤電子事業本部長ほか関係者、そして下座に竹下と槙山が被告のように着席した。

竹下が概要説明を始めるが、いつものように回りくどい説明でなかなか核心に入らず、途中から業を煮やして皆が詰問と非難を始めた。柏原は「すぐにでも撤退した方がいい！」とまくしたてるし、内山は「なぜ今まで隠していたのか、嘘をついていたのか！」と詰問する。槇山が竹下の弁護を始めようものなら、西浦は「部長を差し置いて余計な口出しをするな！　だから情報機器部は組織が腐っているのだ」と罵る。出席者の中で比較的状況を把握している駒村と川町は腕組みをして語らず、所管の後藤本部長は沈黙したままである。

竹下と槇山にとっては、サンドバッグのように叩かれ続けた二時間であった。しかし欧州エムビックス販社株の七割をもつコナタが、エムビックス・ベルギー社を継続して支援すると断言している以上、三星商事もこの銀行保証に付き合わざるを得ず、結局は『已むなし』で承認された。

この諮問委員会を境として、ＩＴ産業グループ内では情報機器部を問題部局として、より厳しい眼で見るようになった。

駒村は常務から専務へ昇格しＩＴ産業グループのトップになったあとも、このような情報機器部の動向を何かと心配はしてくれた。今後のエムビックス事業の行く末はひとえにコナタの姿勢にかかっているという認識で、頻繁にコナタ社トップとのコンタクトをとった。三星商事駒村専務とコナタ下飯坂常務以下、合計八名で運営委員会を構成し、定期的に欧州エムビックス販社の人事、開発、価格問題を討議するなど、駒村自ら率先して厳しい市場環境を打破しようと努めた。また単独でコナタ米村社長を訪問することもあった。しかし同社の体質はいわば女性的というか公家的というか、ハンター的商社体質とは異質である。一言でいえば打てば響くという反応がない。竹下や槇山は長年の付き合いで慣れているが、駒村は次第にフラストレーションが溜まり、次第に気持ちの上でも萎えてきて、なんとか事態を改善しようとする情熱を失っていったようだ。

同じ頃、情報機器部のもう一つの柱、大鋼電機製カラープリンター事業も苦境に立たされていた。

このカラープリンターは竹下が一九八四年に光機資材部ＯＡ開発チームリーダーに就任して以来、手塩にかけてきた商品である。昇華式カラープリンター方式として鮮明な画像を生み出し技術レベルも高かったが、ちょうど大手メーカー、カノンがインクジェット方式カラープリンターの開発に成功した時であり、加えてメーカーの大鋼電機に思いのほか市場対応力がなかった。同社は関西の名門企業、大阪製鋼の子会社だが、体質的に官僚的で価格面で競争力がない上に、意思決定も遅く態度のはっきりしない会社である。しかし光機資材部はカラープリンター市場の将来性に惹かれ、この大鋼製品を核として、米国でニューヨーク郊外のナイトプレーンに独自の販売組織を設けた。英国ではカラーグラフ社を買収して、大鋼製カラープリンターを核としたＯＡシステム機器の販売に乗り出した。光機資材部の川重毅と倉本誠一をナイトプレーン販売組織に送り込み、本社側では和光久志、吉原公一、萩本茂雄を投入して第二のエムビックス事業に育てようと目論んだ。

結局、この事業は開始から八年近く悪戦苦闘したものの損失が累積し、一九九三年には撤退するか継続するかの瀬戸際を迎えた。英国カラーグラフ社出向の萩本、米国ナイトプレーンオペレーション責任者の川重が頻繁に出張してきて、情報機器部の槇山と和光とともに大鋼電機との交渉を続け、その結果を携えて駒村専務に報告に行ってはどやしつけられることを繰り返していた。駒村が槇山、川重に直接指示を与え、大鋼電機トップとの会談にも自ら臨んで事態の解決を図ろうとした。しかしコナタ社と同様で優柔不断で決断を先延ばしする大鋼電機に駒村は次第に嫌気がさし、事業撤収の方向に考えを固めていった。

エムビックス・ベルギー社に対する保証問題と同時期に進行した大鋼カラープリンター問題で、ＩＴ産業グループ内で情報機器部への信頼がますます失われていくことになった。

六月一六日のグループ諮問委員会から一週間も経たずして、槇山は、ブリュッセル、ロンドン、ミラノ、パリ、ハンブルク、ニューヨークを駆け足で回った。二〇日に成田空港を飛び立ち一〇日間で地球を一周してきたことになる。業績の悪化しているエムビックス欧州各販社と対応策を打ち合わせ、さらに米国に飛んでカラープリンター事業の責任者、川重毅と撤収も含めた今後の方針打ち合わせと、気の重い課題ばかりを抱えての出張であった。

槇山はケネディ空港から成田に向かう帰国便JAL機内では、疲れているのに眠るに眠れず、事業の前途や自分の行く末を思い悩んでいた。気を紛らわせようと、オンザロックを飲みながら、ニューヨークへ向かう前の晩にフランクフルトで、親友広田興忠と会った心安らぐひと時を思いだしていた。

広田は日本産業銀行のドイツ現地法人社長として、四年前からフランクフルトに駐在しており、年末には帰国予定である。既に家族は帰国させて広大な社宅に一人で住んでいた。近郊のレストランでドイツ名物の白アスパラガスを堪能したあと、広田宅の居間で語り合った。

広田は大学の政治学ゼミの仲間である。江戸時代から九州日田に続く名家の末裔で、いかにも家柄の良さを感じさせる雰囲気をもっている。一見ぼんやりとしているようだが、知性と教養に溢れ他人を温かく迎え入れる。大学時代は三日にあげず一緒になって遊んでいた。社会人になったあとも、一九七二年に広田が産業銀行の研修生としてドイツに赴任すれば、槇山も三星商事の研修生としてイタリアに赴いた。二人で車を駆って欧州各国に旅をし、冬になればアルプスの麓で待ち合わせ一緒にスキーを楽しんだ。帰国後、広田が早々と結婚をしたので、槇山は一人取り残され焦って見合いに励んだ。一九七七年に槇山がイタリア三星商事ミラノに赴任すれば、今度は広田がドイツ産銀フランクフルトにきて、家族ぐるみで独伊を行き来した。一九八七年に槇山がエムビックス・UKに赴任すれば、広田がドイツ産銀社長としてまたフランクフルトにやってきた。

このように互いを知り尽くした間柄なので、広田宅の居間で槇山は率直に自分を曝け出し、縷々悩みを話した。広田はことさら助言をしてくれるわけではないが、聞き役に回って弱音を吐く槇山を温かく包んでくれた。フランクフルトの夜は瞬く間に更けていった。

蓼科は九月初旬なのにもう秋の気配である。槇山はニューヨーク駐在の川重毅、情報機器部の和光久志、民用機器部の大島伸二を連れて、蓼科こまくさ平に立つ別荘にやってきた。本邦出張中の川重の慰労を兼ね、山荘に二泊して信州のジビエ料理とゴルフを楽しむ予定だ。夕方に皆が槇山の世田谷の自宅に集合し、そこから車で二時間半、蓼科湖近くの隠れ家レストラン『ポニーズスタイル』に直行し、地元の食材を使った山菜料理とステーキを満喫した。山荘に着いた時は夜の八時を回っていた。さっそくベランダに椅子を持ち出し、夜空を眺めながらラフロイグのオンザロックを楽しむことにした。山荘は標高一六〇〇mだけにセーターを羽織っても肌寒い。会話はいつの間にか昨日の会議でのやりとりに及んだ。駒村専務、後藤本部長に対して、川重が槇山、和光と一緒に米国ナイトプレーンでのカラープリンター事業の現況を報告した。竹下部長は欧州出張中で参加しなかった。

「槇山さん、今回感じたことですが、関係部局のどこと打ち合わせても厳しいことばかり言われて……皆我々を冷ややかに見ているように思うのですが」

「川重くん、現場が苦労しているのに申し訳ない。情報機器部はIT産業グループの中で浮いてしまって批判の対象になっている。エムビックス事業の方でも問題続出で、情報機器部は今まで悪いことを隠してきた、閉鎖的だ、と叩かれてばっかりだ」

「最近は大事な会議の時になると竹下部長は海外に出張する。これでは逃げ回っていると取られても仕方がないですよ」と和光が口をとがらして言う。

「ハゲ駒さんはまだ理解のあるほうかな、コナタや大鋼電機になんとかして共同事業の本質を理解させ、競争力のある価格を引き出そうと努力はしてくれている。現場の苦労にも気を使っているほうだ。だからこそ川重君を麻雀に誘ったりしているのだと思うよ。それに比べれば西浦本部長なんかひどいものだ、先日のエムビックス・ベルギー社への保証に関する諮問委員会では、情報機器部を国賊のような言い方をしていた」

槇山の発言に大島が口を挟んだ。

「そう言えば先日西浦本部長が、昼休みに民用機器部の部長席にきて南部長や立岡さん、井藤さんを相手に大声で喚いていましたよ。情報機器部は竹下、槇山以下みな腐っている！　という調子でした。でも客観的に見ると、今まで情報機器部は長らく日のあたる場所にいて、海外赴任と言えば、花の欧州だ、米国だというわけでしょう？　海外赴任の多い民用機器部でさえ東南アジアだ中近東だということで、グループ内でのやっかみが鬱積して、今、火を吹いているのではないでしょうか」

「そうだね、我々はいい思いをしてきた。伝え聞いたところでは、西浦本部長は、あのエキセントリックな性格でアルコールが入るとますます手が付けられないそうだ。機械本部電機部時代には本流から外されカタールに赴任したものの、やることがないから娘を背中に乗せてプールで泳いで憂さ晴らしをしていたらしい。情報機器部みたいに欧州帰りが多くて女子社員に囲まれ華やかで、身内でつるんで和気あいあいとやっているなんてことは許せないのだろう」

「槇山さん、西浦本部長に関して僕もそのようなことを伝え聞いてはいますが、かなり辛辣なこと言いますね」と川重が言う。

槇山は一瞬躊躇したが、ベランダでの心地よい夜風とオンザロックに誘われて、口が滑らかになってしゃべりだした。

「実は一ヶ月前に南麻布のイタリアン、コンチネンタル広尾に鶴田智恵子と食事に行った。そこで席に案内されたら、なんと隣に西浦本部長と北川明子が一緒に座って仲睦まじく食事をしているじゃないか！　お互いにびっくり仰天して慌てたわけだ」

「北川明子って、通信ネットワーク部の？」と和光が訊ねる。

「そう、彼女。美人というか、どぎついというか目立つよね。二人で親密に語らっているので当然僕は二人の仲を勘繰るよね」

「それは槇山さんも同じことでしょ！　鶴田智恵子はいつもミニスカートで颯爽と歩きクールビューティな雰囲気を漂わせている。『チャコの美脚が闊歩する』と周りの評判ですよ。これが槇山さんのアシスタントで仕事をばりばりこなすとあっては、皆のやっかみを大いに買うわけで、そこで二人が仲睦まじくレストランに現れれば当然怪しい仲と疑いますよ」と和光が言う。

「そうなんだ、気がついてすぐ席を替えてもらえば良かったのだけれど、タイミングを逸してしまった。俺は鶴田と小声でぼそぼそ会話しながら、一方で隣のテーブルの会話に聞き耳をたてて……せっかくの評判高いイタリアンを味わい損ねた緊張の二時間だったよ」

「槇山さんは、だいたい女性に甘いし、女性と見ればすぐ公私混同的な行動をとるから。そのうち快く思っていない人たちから足をすくわれますよ」と大島が非難する。

「そうだね、翌朝にでも西浦本部長室に赴いて、『昨晩は失礼しました、お互いに美女を侍らせていたのでお話もできなくて……』なんて笑いながら挨拶をすれば良かった。どうも彼にはそのようなとりなしをする気持ちになれなくてね」

　和光が多少しんみりした口調で、

「最近ＩＴ産業グループの同期たちと話していても、情報機器部が身内同士で親しく固まって外に対しては閉鎖的だとか、従来のやり方にこだわって頭が堅いとか、批判されるばかりです。ハゲ駒さんや西浦さんに限らず周囲の皆が冷ややかに我々を見て、情報機器部が孤立してしまっているように思えるこの頃なのですが」
「我々の姿勢に問題があるのかな、まさに四面楚歌だ」と槇山は呟いた。

第一一章　投融資委員会

一九九三年一〇月になって内山管理部長が騒ぎ始めた。南海銀行系のセントラルファイナンスがコナタ株を売りたいと、三星商事ファイナンス（株）に打診があったことがきっかけだった。これを契機に内山は、駒村専務をはじめ、グループ関係者に、今にでもコナタに経営危機が訪れるような印象を与える発言を繰り返し、コナタ社とのコミュニケーションに疲れ熱意を失いつつあった駒村もその考えになびきだした。

さらに事態は、このエムビックス事業を事業投資先区分として『見極め先』に変更する方向に動き出した。グループ内の事業投資を定期的に継続・見極め・撤退と区分けする過程で、近い将来経営危機に陥るかもしれないコナタ社との合弁事業では、これ以上、三星商事が負担するリスクマネーを増大させることは危険である、という主張である。

今や物言わぬ竹下に替わって槙山は懸命になって反論した。確かに競争激化によりPPC複写機事業は国内外で苦戦しているが、複写機・光学機器・感材・医療機器の総合メーカーであるコナタが、そう簡単に経営危機に陥ることはないし、セントラルファイナンスが運用先の整理をして市場に売り出す前に、三星商事が高値で購入してくれると期待して声をかけてきたとしか思えない、と幾度となく訴え続けた。しかし情報機器部に味方する者がいないまま、事業を見直しする動きが加速していった。

長年に亘り三星商事の欧州、東南アジア、中近東の各店を巻き込んできた一大事業だけに、ＩＴ産業グループ首脳も自分たちだけで方向づけする勇気はなく、全社投融資委員会に『現状報告』して、反応を見ようという流れになった。

一〇月二六日、そのためのグループ内会議に槇山は後藤本部長、竹下部長とともに臨んだが、同席した内山部長のアジテーションで駒村専務も考えを変えることなく、全社投融資委員会に報告事項として付議することが決定された。

全社投融資委員会に諮る前には、ＩＴ産業グループ諮問員会にかけることになるが、槇山はそのための膨大な資料作りを強いられた。『組織の三星』と言われるだけに、管理部をはじめスタッフ部門は、微に入り細にわたり口を挟み生半可な資料作成を許さない。加えて、一見豪快に見えて細かいことが気になる駒村専務が、次々と新しい資料を要求してくる。エムビックス事業関連契約書、本社売上高・利益推移、欧州販社業績推移、人員・

組織図、為替相場変動、コナタ・競合会社価格比較、レンタル取引コスト構成等々、一覧表やグラフを加えるとA3用紙で六ページに亘る資料を準備した。槇山は全社投融資委員会メンバーが、どこまで眼を通してくれるのだろうかと疑問を持ちながらも、少しでもエムビックス事業の歴史と現状を理解してもらうべく懸命に資料作りに取りかかった。部下の渡守直哉がサポートして内容を固め、クールビューティ鶴田智恵子がワープロを駆使して完璧な資料に仕上げてくれた。

渡守は一九八二年に入社した。光機資材部に配属された当時、槇山が彼のインストラクターであった。幼少期をドイツで過ごした典型的帰国子女で、漢字は書けない、独語は話すが英語はダメ、入社時の英検試験でもビリから数えた方が早い、という状態に、槇山は当初はどのように育成していくか途方に暮れていた。しかし元々潜在能力がある上に、サッカー狂いのスポーツ青年だけあって、槇山のパワハラまがいの教育的指導にも耐えに耐え、ぐんぐんと頭角を現し、入社五年にしてエムビックス・インター社に赴任して活躍した。メンタリティとしてはドイツ人に近い彼は、まだまだハンブルクにいたかったのだが、一九九三年一月に槇山の部下、中川毅が民用機器部に転出したことにともない、急遽情報機器部に呼び戻されたのである。帰国後は槇山と一緒に、苦境に陥ったエムビックス取引をなんとかしようと悪戦苦闘していた。

グループ諮問委員会に提出する現状報告書の本文は、基本的には全社投融資委員会に諮るものと同文になる。したがって槇山は、グループを超え全社に向かって、このエムビックス事業が総合商社にとり、いかに意義深い事業であるかを訴えるべく作成にあたって頭を巡らせた。

ところが管理部長の内山がこの作成に、執拗に関与してくる。

槇山は、報告書の冒頭でまず経緯を説明する、

『エムビックス複写機欧州販売事業は一九七三年に独、英両国に吾社一〇〇%出資の販社を設立して以来、全欧に販売網を構築し発展してきたが、事業の長期的繁栄のためには、メーカーであるコナタが販社へ資本参加し経営を主導することが不可欠という合意のもと、一九七八年にコナタ七〇%、三星商事三〇%の合弁事業へと転換した。その後も、紆余曲折はあるもののマーケットの伸長に応じて発展し、吾社の売上高と利益拡大に貢献した。本取引が本格化した七五年以来の吾社随伴取引による経常利益合計額は一八〇億円である。しかし最近になって市場の成熟と欧州不況が進行し、複写機市場は九二年、九三年とマイナス成長で、九四年以降もマイナスか低成長しか望めない状況である。各欧州販社とも環

境変化に応じた経営体質の転換に時間を要し、収益が圧迫されてきている』と作成した。

しかし内山は、『収益が圧迫され経営体質が脆弱化し、吾社のリスクマネーも増大してきた』とリスクマネーを前面に出すことを要求してきた。

報告文最終箇所で今後の取り組みを説明するところで、槇山は次のように結んだ。

『欧州販社網は吾社にとっては貴重な財産であり、今後は販社の構造改革とスリム化を進め収益力を回復させ、且つコナタの商品競争力を見極めつつ販社の育成をはかりたい。したがって従来以上にコナタの生産と開発面での改善のために積極的な支援、協力をしていく必要がある。上記方向にて今後二年間を取り進めるものの、進捗思わしくない場合は改めて新しい方針を経伺のこととしたい』

内山はここでも『吾社が負担するリスクマネーの上限を認識し』という文言を挿入するよう執拗に迫ってくる。このリスクマネーとの文言を入れるだけで、読み手の印象が大きく変わるだけに槇山は必死に抵抗した。

「内山部長、今回は欧州販社の現状をわかりやすくPL表とBS表で説明していますし、各社毎にも問題点を述べ、そこでエムビックス・インター社とエムビックス・ベルギー社の銀行借入保証で、吾社のリスク負担増大の可能性も述べています。わざわざリスクマネー云々をことさら繰り返し強調することは必要ないでしょう！」

「槇山君、コナタの商品競争力に頼る以上、いざという事態を認識しておく必要があるのだよ」

「確かにコナタは競合各社のカノンとかマイコーに比べれば、商品力も企業力も相当劣りますよ。しかし近い将来経営危機が訪れて、販社に応分のリスク負担をしている三星商事が巻き込まれるなんて考えられませんよ」

「その考えが甘いんだよ、現にセントラルファイナンスがコナタ株を売りたいと三星商事に打診があったわけだ」

「内山部長がそのようにおっしゃるので、私がコナタの幹部に尋ねたところ、セントラルファイナンスの持株の動向などは全然気にしていませんでしたよ。私の一存で内山部長の要求を文面に加えるわけにはいきませんから、竹下部長を連れて何度でも打ち合わせにきます」

「君もしつこい男だね、昔から知っている仲だからこれでも親切心で言っているのだよ。この件は駒村専務に話して了解を得ている。だいたい僕は竹下部長を信用していない。先日のエムビックス・ベルギー社に関する諮問委員会の席上でも、事実を隠していたり言い逃れをしたりで全く話にならなかった」

確かに竹下は秋口になって、ますます駒村専務ほか上司とのコミュニケーションを避けるようになっていた。これだけ叩かれ続けると逃げたくなる気持ちもわかるが、このような竹下の姿勢に槇山も困り果てていた。

最終的には内山の強引さに押し切られ、リスクマネー増大が前面に出る報告書となってしまった。


一二月二一日一〇時よりグループ諮問員会が開かれた。いつもの通り、駒村専務を中心に柏原、西浦、後藤の三本部長、川町役員補佐、内山管理部長などスタッフ部門責任者、そして末席に竹下と槇山が座る。

竹下が報告書に沿って説明するが、各販社の業績悪化やリストラ策に関して、その一つ一つが所管部長である自分の至らなさから招いたことと感じるためか、どうしても早口になり声も小さくなる。槇山も竹下の気持ちを慮り、時々心配になって横を見遣る。六月のエムビックス・ベルギー社の件で、同じようにグループ諮問委員会の被告席に二人で座ったが、槇山はこの六ヶ月ですっかりやつれ生気を失ってしまった竹下に、改めて暗然とした。

しかし皆は容赦しない、内山はリスクマネー増大の危険性を繰り返し、西浦本部長は「こんな事業をだらだらと続けても仕方ない」と強硬発言、柏原常務だけが六月のグループ諮問員会では保証枠設定には反対意見を述べていたが、今回はエムビックス事業が今まで果たしてきた多大な貢献への配慮を示してくれた。駒村専務はもうこの事業に熱意を失ったような顔をしている。

議論はいつの間にか報告書最終部分から、『吾社が今後も支援育成する』との記述が外され、逆に『リスクマネーの増大に数字的歯止めを設けて事業を見極める』との内容に変更されてしまった。内山の誘導もあり委員会の流れが、エムビックス事業の将来を検討するというより、三星商事のリスク負担をいかに抑えるかの検討に終始し、結局その方向で記述が変更され、全社投融資委員会に諮ることになった。

『吾社の今後の取り組み。コナタ複写機欧州販売網は吾社商権の核をなしており、販社の抱える問題に対応して構造改革とスリム化を進めている。今後業績の悪化が懸念されることから、リスクマネーに一定の歯止めを設け（現状では販社総資産の三二〇億円の三〇%、九六億円を上限として）管理するとともに、コナタの対応を見極めつつ、個々の案件について都度必要な経伺手続きを行うことと致したし』と変更されてしまった。

報告書の最終部分であるだけに、読み手の印象もこれで決まってしまう。槇山は自ら検討に検討を重ねて作成した文面が、好ましくない形に変更されていく状況に、じっと唇をかんで耐えるしかなかった。

三週間後の一九九四年一月一三日に、下村副社長を委員長とする全社投融資員会に上程された。ＩＴ産業グループからは駒村専務と後藤本部長が出席した。全社投融資委員会から見ればさほど大きな案件ではなく、さらに報告事項でもあり、多少の質問を見込んでも一時間程度で終わるものと、槇山は予想していた。だが、一向に終了したという連絡がない。結果を早く知りたく苛々して待っていた槇山に、午後になってようやく後藤から呼び出しがあった。

後藤によれば、『本件は報告案件ではなく方針伺いである』と言われたとのこと。全社投融資委員会から『本件を現状報告としてあげてきているが、委員会から方針を示すたぐいのものではなく、まずはＩＴ産業グループとして六月末までに将来の方針を自分で決めて、改めて経伺すること』と指示されたという。槇山はこれを聞いて、来るべきものが来たかと追い詰められた気持ちになった。

槇山は最近迷いに迷っている。エムビックス事業の立て直しのためには欧州販社の自助努力は必要だが、結局はコナタ社の商品力と価格競争力が鍵となる。しかしいくら交渉を重ねてもコナタ社から抜本的対応がない。内山部長の主張するようにリスクマネーの増大は大いに危惧するところだが、あっさりとこの事業から撤収するわけにはいかない。長年事業に携わってきた槇山には強い愛着があり、それが冷静な判断を鈍らせる。しかし全社投融資員会はこの槇山の迷いを見抜くかのように、まさに事業を継続するのか否かの方針を六月末までに出すように迫ってきたわけである。残された時間はあまりない。周囲を見回しても槇山以外に、その方針を出すべくこれから動き始める者がいない。槇山は焦りと孤独感で一杯になって、委員会の様子を語る後藤の前に立ち尽くしていた。

後藤は槇山を慰めるように付け加えた。

「そう言えば委員会の席上で、元資材本部長で今は繊維資材グループ担当の工藤常務が、エムビックス事業の過去の歴史と経緯に触れて、関係者の苦労を思いやる発言をしていたよ。事業創設期にはパリで客死した吉水徹という社員もいたらしいね」

工藤常務が事業関係者の苦労に触れてくれたことは、槇山には唯一の慰めであった。

この一週間後、欧州三星商事社長の加瀬常行が、本邦出張の折に全社投融資委員会委員長の下村副社長を訪ね、「コナタ社とは一九六〇年代からの長い付き合いであり、エムビックス欧州販社は代々三星商事社員が築き上げてきたもので、単純に数字では置き換えられない貴重な営業資産である。現在事業に携わる関係者は将来の方向性が打ち出せず苦慮していると聞いているが、IT産業グループの中では異質な存在なので、その努力と成果が必ずしも正当には評価されていない。くれぐれも表面的な数字だけで事業の将来を判断しないでほしい」と発言したという話が槇山の耳に入ってきた。まさにエムビックス事業に携わる三星商事欧州出向者の気持ちを代弁してくれたわけで、槇山はまだ理解者はいると心強く感じた。

先日のグループ諮問委員会翌日の一二月二二日に、医療機器部の部長代行を務める栗本謙次郎がふらっと槇山の席にやってきた。栗本は槇山とは同期入社で、二人とも他部門から光機資材部に移籍した経歴もあり、心許す友人である。槇山がIT産業グループの同期仲間から孤立しているなかで、いろいろ気遣って声をかけてくれる。飄々とした人柄で上からも可愛がられ、駒村専務、西浦本部長の麻雀の相手もしているので、何かとグループの内情に詳しい。

「槇山君、昼あいている？　たまには竹葉亭で鮪茶でも食べて、そのあとＭＯＮで珈琲でも飲まないか」

「いいね！　栗本君にもいろいろ話したいと思っていたんだ」

ＭＯＮで槇山が昨日のグループ諮問委員会の様子を語り終えたところで、栗本が切り出した。

「来年四月から民用機器部と情報機器部が一緒になるよ」

「えっ！　本当？」

「君もすっかり周囲の動きに疎くなってしまったね、しっかりしろよ。二つの部が一緒になってエレクトロニクス機器部と名称を変え、通信放送事業本部の傘下に入る。残念ながら君の苦手な西浦本部長だな。そして部長には現在半導体部長の富田俊一さんが就任する。民用機器部の立岡と井藤と一緒になるけれど、仲良くやりなよ」

いつもは冗談めかす栗本が、今日は心配顔で諭すように言った。槇山は茫然と栗本の顔を見つめた。西浦と聞いただけで頭をガーンとやられ、その上、立岡、井藤の名前を聞いて、ますますショックを受けた。同期入社の立岡久巳とはそりが合わないし、一緒に飲んでも面白くないので付き合わない。彼も槇山のことをそう思っている。立岡からすれば、自分は入社以来資材本部の生え抜きであるのに、途中から資材本部に移ってきた槇山は態度がでかい、もう少し謙虚にしていろ、と言いたいのだ。槇山にすれば、あんなひねくれた愚痴男が資材本部のエースなのかと問いたいところだ。そんな関係がＩＴ産業グループに移ったあとも続いている。井藤康に関しては、かつてイタリア三星商事資材部で槇山の下にいた時代には、ガッツがあって信念をもって業務をこなしていたのに、最近は駒村や西浦にすり寄って顔色を窺うような姿勢をとるようになったと、槇山は不快に思っていた。逆に井藤から見れば、槇山は相変わらず直情のままに動くことが多く、なぜもっと大人になって駒村や西浦とうまくやれないのだろうかと思っているのだろう。

栗本が本部再編のスケジュールを話し始めた時に、槇山はふと気がついた。竹下部長はどうなるのだろう?

「ところで竹下さんはどこに移るの?」

「そこまでは俺も知らない。本部付になるのか、どこか関連会社にいくのかな。川町役員補佐が彼のためにいろいろ動いているらしい」

「どうりで元気がないわけだ。昨日の諮問委員会でもほとんどしゃべらず、質問にも答えずに黙っているから、俺が横から肘で突っついたんだ」

「君が竹下さんを一番理解しているから言うまでもないけれど、ＩＴ産業グループでは浮いてしまったな。部長として業績責任を問われればどうしようもないよ。グループ内で竹下さんの人柄と持ち味を評価する人がいなかったことは気の毒だった」

槇山は最近のやつれた竹下の顔を思い浮かべた。こんなに周囲からぼろくそに叩かれては精神的にまいるのは当たり前だ。確かにエムビックス事業を掌る部長として責任は大きいが、他の人間、あるいは俺自身がすべてを取り仕切っていたとしても、果たして現在の難局を回避できただろうか。そう考えると、心が痛んだ。竹下の弱いところをサポートしてきたつもりでいたが、むしろ彼を追い詰めたような言動をとってきたことを、今更のように悔やんだ。

「槇山、もう君しか残っていないけれど、あまり思い詰めるなよ。なるようにしかならないから」

楽天家の栗本にそう言われたものの、槇山は更迭された竹下の胸中を察するとなんとも切なく、また今後自分に迫りくる重圧を思うと暗然とするしかなかった。

第一二章　葛藤

一九九四年一月七日、槇山純平は成田に向かう機上で、楽しかった家族旅行の余韻に浸っていた。両親の金婚式を盛大に祝おうと、槇山の家族四名と両親の合計六名でロスアンゼルスに駐在している妹夫婦のところにおしかけた。ロス郊外サンタモニカのLOEWS・BEACH・HOTELに年末より滞在した。ラスベガス、グランドキャニオンまで足を延ばし、久しぶりに家族水入らずの楽しい正月を過ごした。しかし眼下に成田空港が見え着陸が近づくにつれて、昨年末のグループ諮問委員会での苦いやり取りが思い出されて気分が沈んだ。そして目前に迫った一月一三日、全社投融資委員会向け資料のことが気になってきた。

成田空港に一八時に到着、さっそくロビーから渡守直哉のデスクに電話した。

「もしもし、渡守君？　槇山です、今、成田空港に着きました」

「お帰りなさい。どうでした、楽しかったでしょう」

「お陰様で、いい親孝行ができたし家族の絆も深まったよ。ところで資料は準備できたかな?」

「ご心配なく、御指示通り作成して昨日完成しました。鶴田さんが本当によく動いてくれて、僕は横で見ているだけでした」

「そうか、ありがたい、お土産買ってきたからね」

「それより槇山さん、四月からのエレクトロニクス機器部発足に向けて、民用機器部の立岡さんが、今度部長に就任する富田さんに足繁くコンタクトしていますよ。要注意です」

「そうか、新しい部のチーム編成とか人事に関して動いているのだろう。月曜に出社したら僕から富田さんにコンタクトしてみるよ」

早速綱引きが始まったのか、それも反りが合わない立岡相手では気が滅入る。槇山は現実に引き戻された。


一月一〇日月曜の午後、槇山は富田俊一を訪ねた。今までは挨拶を交わす程度でお互いに人となりを知らない。富田は竹下と同じ一九六五年入社で、もともとは機械本部電機部出身で、かつてブエノスアイレスに駐在していて、アルゼンチンが大好きだということは伝え聞いていた。半導体事業関連でフランスの事業投資先ＳＭ３Ｅ社に出向していた時は、無聊をかこつ毎日で毎夜ホテルの自室でパター練習をしていたという逸話がある。そうした話から根暗で粘着質のタイプを想像していたところ、実際に会ってみると、相手の話に耳を傾ける姿勢を見せてくれた。槇山はホッとしていつものように自説をはっきりと主張することができた。

打ち合わせは専ら組織と人事問題となった。四月から発足するエレクトロニクス機器部は、部長が富田、部長代行には立岡と槇山とまでは決まっていたが、二つの部が一緒になるのでチーム数も統廃合され、チームリーダーの数も減ることになる。槇山は情報機器部からは萩本茂雄と宿沢正樹をリーダーとするよう要請した。民生機器部のリーダー候補者と比較しても、年齢と実力から順当である。

槇山は自席に戻ってしばらくして、何かすっきりしないものを感じた。富田は槇山の考えに軽く相槌を打っていたが、本当に主旨を理解してくれたのだろうか？　聴く姿勢は見せていたが、真剣に傾聴する目つきではなかった。不安になった槇山は翌日また富田の席に赴き、今度は萩本と宿沢が所管しているチーム実績を携えて、改めて二人をチームリーダーにするように要請した。

やはり槇山の不安は的中した。富田はすでに年明け早々には立岡の意向に沿った形で宿沢をチームリーダーからはずし、部長席スタッフに持ってくる案を固めていたのである。槇山は再度申し入れたが、富田は考えを変えなかった。槇山は自分が出遅れたことに臍を噛んだ。また今回の二部統合がどう見ても民生機器部主導で進んでいること、それが駒村専務と西浦本部長の意向でもあることに気づき暗い気持ちになってきた。この人事を境に、富田部長は一見親しみやすそうだが実は冷たく裏表のある人物ではないかと、槇山は思うようになった。

エレクトロニクス機器部の発足は四月一日からであり、着々と新組織体制が決められていく一方で、それまでの三ヶ月間は旧来の情報機器部として活動するという変則状態が続いた。エムビックス事業をめぐる問題が深刻化していくなかで、竹下部長は今や業務に関与せず、後藤本部長は四月から自分の管轄下から外れることもあって身が入らず、結局は槇山一人が悶々と悩み、解決への出口を模索していた。

この状況の中で、欧州販社の中核、エムビックス・インター社の一九九四年一月末決算が一六億円の赤字となり債務超過に陥ることが判明した。槇山は直ちにコナタと協議に入り、特別支援策を講じて債務超過だけは避けるべく走り回った。欧州合弁事業を掌る両社の運営委員会での討議、コナタ米村社長と三星商事駒村専務のトップ会談などを通じても、コナタからは捗々しい回答が出てこなかった。このまま債務超過の決算発表をすれば、ドイツ会社法上、親会社からの増資が必要となり、さらに現地借入銀行から保証状の提出を求められる可能性も出てくる。コナタにとり欧州販社は言わば製品販売の手足であり、親会社からの増資も保証状の提出もやむを得ないと考えている。一方、三星商事としては先日の全社投融資委員会への報告もあって、これ以上に欧州販社向けリスクマネーの増加はなんとしてでも避けたかった。

何度も協議を行ったが、槇山は三星商事とコナタとの溝が深まっていることを感じた。三星商事からすれば、コナタは言葉を濁すばかりでなぜ具体的施策を取ろうとしないのか、もとはと言えば昨年の急激な円高で、コナタが販社向け価格を値上げしたことが業績悪化の原因だ、と苛立ちを強めるばかりであった。他方コナタからすれば、三星商事から派遣された澤村紀夫が、六ヶ月前まではエムビックス・インター社長の座にあったのに、彼は在任中になぜ業態悪化を把握していなかったのか、また三星商事は要求ばかりするだけで、共同事業のパートナーとしての責任はどう考えているのかと不信感も増していた。

槇山はコナタ本社の経営が苦しいことを知っている立場から、コナタも簡単には出荷価格値下げなどの支援策をとれないことは理解していた。現にコナタ本社は感材事業の衰退と、情報機器事業停滞に伴う一九九三年度決算の悪化を乗り切るために、四七歳からの早期退職制の導入、不要資産の売却、そして情報機器本部を新宿本社から八王子工場内に移す、などの施策を取り始めていた。情報機器本部長、岩見文男と貿易部長、沢浦明男は本部業績の低迷で社内では孤立しているという声が耳に入ってきた。

さらにはコナタ担当役員、下飯坂常務が癌で二月に急逝したことが、両社の関係をますます冷却させることとなった。下飯坂はコナタ経営幹部の中では三星商事の総合力とブランド力を評価し、三星商事との連携を大切にしてきた。昨年秋口までは駒村専務とのトップ会談を定期的に行い良好な関係を築いていたのである。

下飯坂の社葬は渋谷区の代々幡斎場にて執り行われた。葬儀委員長はコナタ社長の米村典範である。下飯坂はコナタの二大事業部、感材事業本部と情報機器本部担当常務であっただけに参列者も多い。葬儀の場で槇山は米村社長と久しぶりに会い言葉を交わした。槇山は後藤本部長とタクシーで帰社する道すがら、呟くように言った。

「米村社長に挨拶した時に下飯坂は戦死したようなものだと、悲痛な面持ちで言っていました。今から思えば昨年九月のトップ会談で、コナタ提案をもっと真摯に検討していれば良かったかもしれませんね」

「槇山、まだそんなこと思っているのか、過去のことをくよくよ言うな！」

後藤はそれ以降不機嫌そうに押し黙り窓の外を見つめていた。

昨年九月に三星・コナタの定例トップ会談が行われた。三星商事出席者は駒村常務、後藤本部長、竹下部長、槇山、コナタ側は下飯坂常務、岩見情報機器本部長、沢浦貿易部長である。いつもは欧州販社の現状と対策についての討議が中心だが、今回はコナタ社より、『三星商事とのニューパートナーシップについて』と題した提案書が提出された。『今までは三星商事から欧州販社への人的並びに資金協力、販社経営主導、そして輸出船積業務協力などを得て、欧州複写機事業の繁栄が可能となってきたが、今後はコナタの弱点や不充分な点へのサポートという新しい関係を検討してもらえないだろうか。具体的には低迷する国内販売を立て直すために、三星商事子会社スターオフィス社の全国展開または新規共同販社の設立、タイ・台湾地域のディストリビューター買収、東欧・ロシア向け販売チャンネルの開拓、米国ディーラーへの資本参加、などなど……』

槇山はこれを見て内心驚いた。コナタ情報機器本部は、苦境にあることを率直に曝け出して総合商社としての三星商事に、何か一つでも協力してもらえないかと言ってきたのである。

三星商事側はこの提案を持ち帰って検討した。しかし駒村常務以下は、まずは目先の欧州販社経営問題を解決するのが先決で、リスクをとってまで将来に向けてコナタとの新規事業を考える姿勢はなかった。そこでコナタ提案の中で、三星商事として取り組みやすいものを一応は検討しようということで、国内首都圏で力を伸ばしているスターオフィス社を核とした案を纏めることになった。しかし竹下部長とスターオフィス社古藤社長を中心として作成された案は、同社の独立性と機能面は維持し、コナタには金も口も出させず、既存のコナタ国内販社のいいとこ取りをする形のものであった。

槇山は、この案ではコナタ社が興味を示すはずがなく、三星商事側の利己的な考えを顕すことになり、却って事業パートナーの三星商事に失望することになると危惧した。そこで槇山は後藤本部長と竹下部長に私案を提出した。骨子は『コナタは三星商事の総合力と信用力を後ろ盾に業界リーダーのセレックス、カノン、マイコーと対抗することを考えており、かなり大掛かりな仕組みを考えないと、わざわざ提案する意味がない。事業性を確かめた上でのことだが、六億円の所要資金で仮称エムビックス事務機販売（株）を設立し、ここにスターオフィス社と既存のコナタ国内販社を包含し統合整理する。新会社の資本構成は三星商事五一％、コナタ四九％とする』

後藤は、コナタとの合弁は欧州販社と同じ問題を引き起こすと主張し、竹下はコナタと心中する覚悟が必要だと言う。結局槇山私案は受け入れられず、原案のままコナタに提出された。コナタの反応は槇山の危惧した通りで、それ以降はコナタも三星商事に期待する姿勢が薄れていった。

槇山が下飯坂常務の葬儀から帰社する途上で後藤に向かって口にしたことには、そのような背景があった。

話は少し戻る。一九九四年一月末に槇山は涌井忠正と神楽坂の鳥茶屋を訪れた。うどんすきで有名な老舗である。涌井とは一九九〇年一一月に槇山がロンドンから東京に出張した折に一緒に訪れて以来である。

一九九三年一月に涌井が資材本部長を退任しセブンオックス社に移ったあとも、槇山は機会を見つけては大島伸二、和光久志、柳本篤史などを引き連れて涌井のもとにおしかけていた。年二回は涌井のホームコース、姉ケ崎カントリーでプレーをし、情報機器部社員の歓送迎会などには、常に涌井に声をかけた。酒に強い者が多く、二次会、三次会とはしごして、時々はＩＴ産業グループ現状への議論となる。かつては頑固な涌井も、今や皆の良き聞き役になる。

その日は槇山が折り入って相談するために、わざわざ涌井を呼び出したのだった。

「涌井さん、どうにもこうにも行き詰まって一人で思い悩んでいます。先日電話でお話ししたように、全社投融資委員会に諮ったところ、六月末までに方針を出すように指示されたのです。竹下部長は更迭され、駒村専務は今やコナタ社とエムビックス事業に関心がなくなり、後藤本部長は相談には乗ってくれますが、いずれ自分の管轄からはずれるので心ここにあらずという状況です。四月からはエムビックス嫌いの西浦本部長の管轄下になると思うと、どうしたらいいのか途方にくれています。エムビックス・インター社の一九九四年一月末決算では一六億円の損失を出し、二億円前後の債務超過になる見込みです。吉水さん、涌井さんと先輩たちが二〇年以上に亘って築き上げてきた優良会社を、このような状態にしてしまって申し訳ありません」

「そうか、ここに来て急激に周囲の環境が変わって、槇山君たちが孤軍奮闘しているのか。しかし君たちの責任というより、やはり時の流れで致し方ないのではないかな」

槇山はビールグラスをおき、居住まいを改めて涌井に切り出した。

「率直なところ、ここまで来たら事業撤収も考えなければと、その行動計画も作成し始めています。この合弁事業は、ここに来てお互いの立場の違いが際立ってきました。メーカーは本体が苦しくなれば、自分の販社は製品の販路であると位置づけ生かさず殺さずの方針をとる、一方商社は事業投資として販社の健全性と収益性を追求せざるを得ないわけです。状況はまさにこの葛藤の真っ只中にあります。コナタは企業の存亡の問題にかかわることですからＰＰＣ業界の一角に残るべく必死です。必要ならば販社への増資、借入金保証などは厭わない、しかし販社向け出荷価格に関しては本社側利益の必要最低レベルを下回ってまでは支援できない。一方、三星商事はいかに販社経営に力を発揮しようとも、結局はコナタの製品開発と価格競争力に頼らざるを得ない。しかし現状はその新製品と価格競争力が不十分で販社の経営悪化を招き、銀行への借入保証などリスクマネーだけが増大する構図です。私が撤収のシナリオも必要だという意味は、コナタ社の製品開発能力と価格競争力が将来に向かっても改善する見通しが立たないからです」

「来るべき時が来たのかな。今更遅いけれど一九七八年に欧州販社持株の七〇％をコナタに渡した時から、この事態が起きることは予想されたわけで、必然と言えば必然だね。あの時僕は持株のマジョリティにこだわったのだけれどね」

「そうでしたね、涌井さんが当時の高垣部長に泣いて迫ったという逸話も残っていますよ」

「泣いて迫ったとは大袈裟だけれど、本当に最後の最後までマジョリティは渡したくなかった」

「昨年春に私は、現在の欧州五販社を統合し、再度三星商事主導による欧州統括会社構想を提案したことがあります。各販社の経営管理機能もできるだけ統合してしまう案です。この統括会社のマジョリティを三星商事が握り、いざという時にはマイコーなど競合メーカーの販売網に切り替える含みも持たせたものです。私としては、この提案を通じて、いかに我々が持つ欧州販売網が日本のＰＰＣ競合メーカーにとって、魅力あるものかということをアピールしたかったのですが。上司は誰もまともに検討をしてくれませんでした」

「従来から三星商事には、『商社はメーカーの製造現場のことはわからないし、そこに入っていくにはコントロールできないリスクが大きすぎる。したがって川上には出ていかない方が安全だ』という考えが伝統的に強いね。いずれ商社も、ある商品ジャンルまたは産業分野で川上から、川中、川下を統合して支配下におくということに乗り出さないと、

「時々、コナタ社を丸ごと買収するという突拍子もないことを考えたりするのですが、三星商事、特にＩＴ産業グループにはそんな度胸もないし力もないですね」

二人とも一〇年前の商社冬の時代と言われた時に『総合商社のあるべき姿』について熱く語った議論を思いだしながら杯を重ねていた。

「ところで槇山君、この事業でコナタはどの程度三星商事を必要としているのだろうか。今までは販社経営に携わる人材面での寄与が大きかったし、欧州での三星ブランド力も侮れなかった。今はコナタにも人材が育ってきているし、ＰＰＣ業界ではコナタブランドも第二グループとして確立されている。コナタの本音はどうなのだろう？」

「沢浦貿易部長をはじめとして、一九六七年のコナタ経営危機以降の入社組は、もはや三星商事を頼らず自分たちでやっていこうという気概が強いと思います。しかし現経営陣は一九八八年の日本土地によるコナタ株買い占め事件の際に、安定株主工作として三星商事が株買い増しで協力してくれたことをよく覚えています。三星商事が採算抜きで旧来からの取引先を支援しサポートする姿勢を示したわけです。一方コナタとの取引がＩＴ産業グループに移ってからは、トップの駒村専務をはじめ多くの幹部が、コナタを緊密かつ最重要取引先としては見ていません。コナタ経営陣も三星商事トップに上手に接すればいいのに、劣等感を隠したいのか可愛くない姿勢なのです。その典型が米村社長であり岩見情報機器本部長です」

「確かに米村さんは昔からはっきりしない人だからね。しかし彼の本心はどうなのだろう？　今後もこの欧州エムビックス事業を三星商事と一緒にやりたいのだろうか」

「まさにそこがポイントなのです。米村さんは社長でありながら、三星商事との将来を自分だけで判断できるような人ではありません。しかし三星商事との関係が悪化して持株問題に火がつくことは恐れているはずです。そこで私は極秘に米村さんに会って彼の本音を探ってみたいと思っています。その際にこの膠着状態が続けば、三星商事側からエムビックス事業撤退を言い出すこともあると彼に伝えたいと考えています。彼が本当に三星商事を必要と考えるならば、自ら三星商事へ働きかけてほしいと要請しようと思います。具体的には棚橋晋吾会長へのコンタクトです。米村さんは欧州駐在時代に棚橋さんと面識があり、つい最近まで経営者同友会副会長として一緒だったと聞いています。そんな仲ですから、一度棚橋会長を訪ねて、コナタは三星商事と友好関係を続けたいのだ、と伝えてもらうというシナリオです」

「ずいぶんと大胆な試みだね。米村さんの反応がなんとも読めないけれど、事態がここまで来たら試す価値はあるだろうね。それにしても槇山君、どう結果がでようと、時の流れというものがあるからあまり思い詰めないようにすることだ」

気がついたら鳥茶屋にきて既に三時間も経っていた。槇山は久しぶりに心の内を曝け出した解放感を覚えて帰宅の途についた。

二月一日夜、槇山は新宿京王プラザのバー「ブリアン」にコナタ社長米村典範と来ていた。英国調の雰囲気を醸す落ち着いたバーで、欧州に馴染みの深い二人にとり、くつろげる空間である。生演奏のピアノの調べに身をゆだねながら、二人はしばし思い出話に花を咲かせて往時を振り返った。

一九八〇年代当時、米村はコナタ欧州総支配人としてハンブルクに駐在、槇山はイタリア三星商事でミラノ駐在、エムビックス事業を通じて互いに連絡を取り合っていた関係だった。パリでの吉水徹の葬儀では米村が弔辞を述べ皆が涙したこと、米村がミラノ出張時にヒルトンホテルのロビーでブリーフケースを一瞬のうちに置き引きされたこと、などを懐かしく語り合った。あの頃はエムビックス事業も発展途上の苦境に喘いでいたが、三星商事とコナタからの出向者は一致団結して欧州販社の経営にあたっていた。

あの良き時代にはもう戻れないと寂しい思いにとらわれながらも槇山は切り出した。

「米村社長、昨年秋に駒村専務、竹下部長と一緒に伺った時に、欧州販社の厳しい状況についてお打ち合わせいただき、三星商事の方針もお伝えしました。しかし私から見れば駒村も社交辞令的にぼかしているところがあり本音を述べていないようです。また内部事情ですが四月に向けてＩＴグループ内の組織改編があり、これがエムビックス事業にとっては逆風となってきています。本来なら、私の立場で米村社長に直接申し上げることは『組織の三星』としては許されないことですが……」

「槇山さん、そんな堅いことは言わないで、昔からの同志ということでフランクに話しましょう」

その後、槇山は昨年からのＩＴ産業グループ内の動きを掻い摘んで説明した。エムビックス・ベルギー社への保証問題から端を発して、円高調整による出荷価格値上げと新製品開発遅れによる欧州各社の業績悪化、とうとうエムビックス・インター社も債務超過、三星商事は合弁事業のパートナーとしてコントロールできないリスクマネーの増大におびえ、事業継続におよび腰になっている、駒村専務も一時の情熱は冷めてしまっている、四月からエムビックス事業を担当する西浦本部長は最初からネガティブな偏見を持っている、などなど。

「なんだか三星さんはすっかり腰が引けてしまっているけれど、槇山さん、もっと頑張ってくださいよ」

「私の力不足で申し訳ありませんが、もう孤立してしまってどうしようもないのです」

「当社のエムビックス国内事業立て直しに関しても、一年前から、下飯坂常務や岩見本部長に、たとえ既存の販売子会社をつぶしても三星さんと新しい取り組みはできないかと、謎かけをしていたのですけれどね。三星さんからは反応がないと言っていましたよ」

「おっしゃるとおりです。小生としては三星商事とコナタが再び一緒に取り組む良いチャンスと思ったのですが、上が聞く耳を持たないのです。コナタがまずは目の前の欧州販社業績悪化へ手を打つべきだ、という反応なのです。特にエムビックス・インター社の債務超過を、コナタが価格調整の支援策で回避することが先決だと考えています。コナタをよく知る私としては、そうは簡単には対策が取れないことも理解できるので悩んでいるわけです」

「エムビックス・インター社は三年かければ良くなりますよ。松木社長は、回復までの道のりを慎重に見過ぎているると思います。コナタ自身も感材事業が落ち目なので苦しいけれど、いろいろ将来に向けて手を打っています。先日もマイコー浜田社長とカラー複写機に関して技術提携の話を進めたし、三星化成の古川社長とは印刷用ＰＳプレート事業の継続を話したところです。三星商事はもっと前向きに取り組んでもらいたいですね」

米村社長も率直に話してくれるものの、ことエムビックス欧州販社への対応に関しては、岩見本部長の方で検討していると言うばかりで、あまり具体的施策については触れない。槇山は本題に切り込んだ。

「米村社長、率直に言って欧州エムビックス事業は、三星商事が一緒に携わらなければ駄目でしょうか？」

米村は槇山をチラッと見て、そして一瞬戸惑う様子を見せた。

「それは一緒にやってもらわなければ困ります。まだまだコナタは三星商事を必要としています」

「そこで御願いなのですが、一度当社の棚橋会長にお会いいただき、この合弁事業で両社の意向がすれ違って、今や難しい局面にあることを話題にしていただけないでしょうか。棚橋会長がどのように反応するかは読めませんが、もし会長が動くとすれば、かつて船舶海洋部で下にいた駒村専務を呼び出すはずです」
「そうですね、棚橋会長にはお世話になりました。一九八八年の日本土地（株）によるコナタ株買い占めの時には助けていただいたし、経営者同友会でも親しくお付き合いしました。たまには飲みに連れていってください、と連絡とってみようかな」
「かようなお願いを、私の立場ですることではないのですが、一度ご検討いただければと思います」

槇山が米村社長と極秘裏に会ってから二週間が経過したが、米村が棚橋にコンタクトした様子はなかった。棚橋が駒村にエムビックス事業に関して問い合わせた気配もなかった。槇山は先日の会談で米村の胸の内を今一つ計りかね、必ずしも期待通りに動いてくれるとは考えてはいなかったが、自分としては意を決しての単独行動だっただけに落胆は大きかった。

エムビックス・インター社の債務超過に対応する期限が日に日に迫り、二月一七日に三星商事とコナタ間で運営委員会が開催された。欧州エムビックス事業の基本方針を決定する意思決定機関で、三星からは、後藤本部長、槇山、コナタからは岩見本部長、沢浦部長が出席した。冒頭からお互いの主張がかみ合わず、厳しいやり取りが続けられた。その中で、後藤はいつになく整然と三星商事の立場を率直に述べた。三星商事は三〇%の事業パートナーとしてどこまでも責任を果たしていく覚悟でいるが、今回のエムビックス・インター社の債務超過は、なんとか回避する緊急避難的援助策をコナタが講じてもらえないだろうか。債務超過となれば親会社の劣後ローンが必要となるが、三星商事の全社投融資委員会での承認がとても得られない、と重ねて要請した。しかしコナタは、もはや債務超過は避けられず、親会社（コナタと三星）からの劣後ローンで対処するしかない、と言い張るばかりである。沢浦がしゃべり続け、岩見は横で黙したままだ。

沢浦はコナタの中では、はっきりと態度を示す男である。槇山は彼の実力を日頃から認めているものの、その言動と振る舞いに温かみを感じられず、時々サイボーグではないかと思ってしまうことがある。特に今日は槇山に対する視線が射るように強い。そこで、はたと気がついた。

『米村社長は京王プラザでの極秘会談を岩見、沢浦にしゃべってしまったのだろう。やはり、米村社長は自分で決められないので岩見、沢浦に相談し、二人は米村が棚橋会長にコンタクトすることに断固反対したに違いない』

槇山は沢浦が大声でまくしたてるのを眺めながら、自分の試みは失敗し、もはや万策尽きた、と心の中でつぶやいていた。

第一三章　撤収

二月一七日の運営委員会の結果を受けて、IT産業グループ内で、エムビックス・インター社の債務超過について議論が重ねられた。コナタが回避策をとらぬ以上、ドイツ有限会社法に基づき株主からの劣後債が必要となる。そこで浮上してきたのが、欧州エムビックス事業の中期三年計画が定まらぬ現状では、三星商事は劣後債の応分負担はできないので、銀行借入保証もコナタ単独で実施してもらう、という案である。

しかし槇山は、この案をぶつけても、コナタが債務超過回避のため緊急支援策を再考するとは思えず、むしろ合弁事業の基本精神そのものを揺るがす提案だと反発し、態度を硬化させることを危惧した。IT産業グループ幹部は、三星商事のリスクマネー増大を懸念するばかりで、エムビックス事業の将来については少しも考えていなかった。

槇山は孤独感と苛立ちを深めていった。

その一方で、状況がこのようになってしまった以上は、エムビックス事業からの撤収シナリオも描かざるを得ないと、『欧州エムビックス事業の方向付け』と題して、後藤本部長宛てに私案を出した。

『一月一三日開催の全社投融資員会宛て報告以降も事態は改善せず、コナタ社の対応は、欧州販社に対し市場への値上げと経営スリム化を要請するだけで、サプライヤーとしての責務を果たしていない。また最近の運営委員会での討議を見ても、両社トップ間で長年の絆が失われてしまった。IT産業グループトップの意向が、本事業でのリスク負担が大き過ぎると判断する以上、また取引での損失を超えた両社間の「情」というものがなくなった以上、事業の将来性を客観的且つ計数的に判断せざるを得ない。すなわち欧州事業よりの撤収を検討せざるを得ない。これはコナタ社とのアジア、アフリカ地域での取引、並びに国内取引にまで悪影響が出ることを覚悟しなければならない。将来的に三星商事は複写機事業から手を引くことを意味し、九〇〇〇億の国内市場、欧州では二兆円市場を前にコナタというサプライヤーを手放すことにもなる。

以下に欧州エムビックス事業より撤収する場合のシナリオを取り纏めた……』

悩み抜いたうえでの私案で、これをIT産業グループトップに提出すれば、撤収だけは避けろ、という指示がでるかもしれないと、槇山は一縷の望みを託して作成した。また情報化社会のツールとして必須の事務機・複写機市場を手放す覚悟はあるのか、と上司に迫る気持ちであった。

後藤本部長の反応は、「そうは言っても三星商事側から簡単に撤収は切りだせるものでもないし……」と、どっちつかずの態度で独り言のようにつぶやいた。

その後、この私案が後藤から駒村専務に伝えられたのかどうかはわからなかった。

槇山は、その後も単独でコナタ岩見本部長、沢浦部長と面談してエムビックス・インターー社の債務超過回避の要請を執拗に続けた。しかし、埒が明くどころか、沢浦からは東南アジア向けエムビックスＰＰＣ輸出取引から三星商事は手を引いてほしい、という要求が出され、両社の関係はますます深刻化していった。

三星商事側も社内協議のうえ、三月一五日付にて後藤本部長名でコナタに書簡を出状した。「現在本事業の将来性と基本的枠組みの見直しを行っているので、劣後ローンアグリーメントは出せない」という内容で、言外に三星商事が撤退することもあり得ることを含ませた最後通牒的なものである。これに対して、コナタ岩見本部長からの回答は、「関係各社の経営努力によって、時間はかかるものの本事業の未来は明るいと確信している。三星商事がコナタと一緒に劣後ローンアグリーメントを引き受けるよう再考願う。東南アジア市場に関しては本合弁事業とは関わりなく、別の観点から契約の終了を提案する」と、全く歩み寄りのないものであった。

四月一日付で通信事業本部傘下のエレクトロニクス機器部が発足し、槙山は部長代行兼ＯＡ機器チームリーダーの職についた。槙山が部の発足前からおそれていたことだが、富田部長は予算編成などの基幹業務を、もう一人の部長代行である立岡久巳に担わせ、槙山には、専らコナタＰＰＣ事業と大鋼カラープリンター事業だけに特化させる体制をとった。これは富田部長の意向というより、西浦本部長もしくは駒村専務の指示と思われ、槙山は憂鬱な気持ちにさせられた。

精神的にも疲労困憊していた槙山は、『三星商事に自分の居場所はもうないかもしれない』と、将来への不安と焦りを強く抱くようになった。

大学時代の槙山は、ほどよく学び大いに遊ぶという毎日を送りながら、中学高校の母校、青空学園バレーボール部のコーチ、監督として、継続的に同部の活動に関与していた。しかし、大学四年間でこれと言って成し遂げたものはなかった。将来の進路に関して考えが定まらず、海外で活躍する仕事に就くのが向いているのかな、と思う程度であった。

大学三年の一九六八年、思い立って国家公務員試験を受けようと勉強を始めた。七月に受験勉強のために八ヶ岳の登山口にある稲子村の民宿にこもったものの、八月中旬に山を下って青空学園バレーボール部の合宿地、軽井沢青雲寮で同僚、後輩たちとの楽しい合宿生活に加わったことで、たちまち勉学の意欲も萎えてしまった。その頃日増しに激しさを増していた大学紛争も槇山の心境に影響を与えていた。

そんな折、雑誌東邦経済で三星商事社長、藤尾忠太郎が総合商社の未来を熱く語る記事を眼にした。藤尾の『日本の若者よ、海外に雄飛せよ。そして現地で骨を埋めろ』という檄文に心を熱くした。槇山は三星商事一社に絞って就職活動をした。大学紛争で卒業は遅れたが、一九六九年七月一日に無事入社を果たした。

このような入社経緯から、槇山は人一倍三星商事への思い入れが強く、この俺が同社の将来を担うのだと、うぬぼれが強かった。入社後は職歴に恵まれ、海外赴任もミラノ、ロンドンと華やかな時代を過ごしてきただけに、ここに来て落ちこぼれのような存在になったことで自尊心が傷つき、思い悩み疲弊していった。

劣後ローンに関してコナタ社との交渉はその後も進捗せず、コナタは三星商事へ引受け要請を強めるばかりであった。一方、富田部長は自ら動いて対策をとるつもりはなく、西浦本部長も同様で、無為に時間だけが過ぎていった。

四月一二日、槇山はコナタの岩見本部長と沢浦部長を単独で訪問し、彼らの本音を探ろうとした。その結果、岩見はできれば合弁事業を継続すべく何か解決策を見いだせないかと思案しているが、沢浦は三星商事が劣後ローンの応分負担をしないのであれば、合弁事業を清算してコナタ単独で事業を継続する意志を固めていることがわかった。沢浦は、下飯坂常務死去のあとに担当役員に就いた赤松専務へ、資金面並びに人材面でコナタ単独で現状を乗りきれると提案したという。

四月一八日、槇山は富田部長と、コナタ岩見本部長を訪問した。富田が合弁事業並びに取引関係に関してコナタ社の率直な意見を聞きたいと切り出したところ、岩見はいつになくストレートに返答してきた。

「三星商事さんには長い間お世話になってきました。今でもそのお蔭だということを理解していないのかもしれません。しかし過去二〇年を振り返ると、一〇年、五年、五年のスパンに分けられるのではないでしょうか。販売は三星商事に任せて、コナタはただ製造することに徹した最初の一〇年、次に一致協力して合弁事業を育ててきた五年、そしてコナタにも人が育ち三星商事との関係が微妙になってきた最後の五年。したがって私としては、今やコナタ独力でやる時が来たのかなと思っているのです。赤松専務にもコナタ単独でやりたいと報告しています」

槇山は岩見の発言を聞いて、コナタ社内はもはや沢浦が主張する強硬路線で固まりつつあることを感じた。一方、富田は今一つ現状認識ができていないようで、幾度となく無意味な問いを投げかけ、そのたびに岩見が冷たく対応することとなった。

「三星商事としてリスクマネーを限定して合弁事業を継続したいので、エムビックス・インター社だけ別に取り扱うということはできないものでしょうか？」

「エムビックス・インター社が欧州事業の中心であるのに、三星商事との合弁事業として、これを切り離して考えることなどできません」

「三星商事としては欧州事業の枠組みはこのままでは継続しがたく、将来の方向を検討中ですが、この間は劣後ローンや借入保証を出せる状態にないので、取りあえずコナタ社単独で対処してもらうと了解して宜しいでしょうか？」

「三星商事が出せぬということは、合弁事業の破綻を意味するのではないでしょうか？」

槇山は、嚙み合わぬかような問答を横で聞きながら、岩見が決して脅しではなく本心を述べていると感じ、いよいよ終焉に向けての施策を考えなければならないと覚悟を決めた。

四月二六日、槇山は富田とともに、エレクトロニクス機器部発足以来初めて本部長の西浦常雄と打ち合わせを行った。西浦の、エムビックス事業に関して今後の基本方針を持ってこなければ打ち合わせに応じない、という態度を受けて、富田が槇山に基本方針を作成させ、漸く打ち合わせに漕ぎつけたのである。

槇山は、三星商事がこれ以上のリスクマネーの増大を避けるべく劣後ローンを出さないと決定し、コナタ社がそれに同意しない以上、残念ながら本事業からの撤収しか途はないと説明した。西浦は嫌な話はなるべく短時間で済ませたいとの態度が露骨で、エムビックス事業への関心など微塵も感じられなかった。口を開けば、竹下、槇山など旧情報機器部出身者を、ＩＴ産業グループを混乱に陥れた戦犯のように言う。富田は暴君の前で耐える子羊のように黙り込んでいる。憮然とした槇山が何も反応しないので、西浦はますます居丈高になっていく。それでいて自分から明確に方向を示すわけではなく、「お前たちで決めろ」と怒鳴り返すだけである。槇山はこのような人物を本部長にするのも三星商事の風土なのかな、と吠え続ける西浦を醒めた目で眺めていた。

五月一〇日、槙山と富田は、コナタ岩見本部長と沢浦部長と面談した。駄目もとで三星商事のリスク限定案を提示するためである。富田が説明した。

『三星商事の欧州合弁事業に係るリスクマネーを現在の出資金九億八〇〇〇万円と、エムビックス・ベルギー銀行保証一〇億円、合わせて二〇億円に限定する。これに伴い現行合弁基本契約を改定する。東南アジア向け輸出取引は三星商事口銭を引き下げる』という内容である。

予想通りとはいうもののコナタ側の反応は誠に冷たいもので、「三星商事がそれほどまでに逃げ腰であれば、合弁事業から降りたらどうか。リスク限定案は、三星商事の立場であれば一案かもしれないが、コナタにとって何もメリットはない。三星商事が同意しなくとも、劣後ローンアグリーメントはコナタ単独で出状するよう取締役会に付議する」との回答である。また東南アジア向け取引に関しては「今や三星商事に介在してもらう機能がない、社内ではむしろ三星商事がいるから取引が伸びないという意見もある」とまで言われてしまった。

槙山と富田はこれ以上交渉を続ける意欲を失い、会議の席を立つしかなかった。

五月一七日、同じメンバーで再び会談、三星商事がエムビックス事業から撤退するとの了解でいいかと再度コナタ側に念を押した。岩見から、なんとか合弁事業を継続するというソフトランディングは考えられないだろうかという発言もあったが、沢浦は、三星商事に一定期間は眠り口銭を払う形で降りてもらう手もあると、まるで三星商事がエムビックス事業に寄生するかのような発言をした。槇山は、二〇年以上のパートナーである三星商事の苦悩を一顧だにしないサイボーグ、沢浦の物言いに深い失望を覚えた。

この間、本部長の西浦常雄には富田、槇山より逐一状況を報告していたが、西浦はなかなかコナタ社へ担当本部長としての新任の挨拶に行かなかった。漸く五月一三日に、あたかも両社の関係が冷却してもう元には戻れないことを確認するかのように、コナタ社米村社長と赤松専務を表敬訪問した。お互いに既存取引の話題には触れることなく、挨拶だけで終わるという奇妙な会談であった。

エムビックス事業から撤退の方向に舵を切るとともに、槇山は欧州販社持株をいくらでコナタへ売却するかの試算をした。売却額に関しては既に情報機器部時代に渡守直哉が管理部の石田水樹と種々検討をしていた。純資産方式ではマイナスになるので採用できない、随伴利益五年分とすれば二〇億、市場設置台数方式であれば二二億、サービス収入方式で二三億、ＰＥＲ（株価収益率）方式で四八億円となる。九億七〇〇〇万以下だと売却損が出るなど、二〇年以上に亘る取引関係を考慮すると、とても客観的な数字をはじくことはできなかった。見方によってどうにでも変わり得る数字である。

この検討の中心となっていた渡守直哉も、突然ベンツとの合弁プロジェクトでフランクフルト駐在を命ぜられ、五月に赴任してしまった。エムビックス欧州事業並びにアジア・中近東・アフリカ地域への輸出現業取引は、パリから帰任した内垣誠とハンブルクから帰任した宿沢正樹が、それぞれ替わりに取り仕切ってくれたが、コナタ社との取引基本契約と合弁契約問題は右腕の渡守を失って、槇山が一人で取り組んでいた。そんな槇山の苦悩を理解して、黙々と資料作りをこなし膨大な報告書を作成してくれたのは、アシスタントの鶴田智恵子であった。

五月中旬、槇山は久しぶりに涌井忠正を訪問してこの売却額について意見を聞いてみた。かつて脆弱なコナタ社を引っ張って欧州事業を立ち上げた涌井は、売却額は二〇億、三〇億でも安いと言う。一方、西浦本部長、富田部長はもともと本事業には興味がなく、撤退するなら売却額はどうでもいいという態度である。そんな状況下で槇山は、できれば二〇億円以上、最低でも一〇億円と腹を固める。

持株売却交渉で蔭に隠れた大きなポイントがある。現在三星商事はコナタ社の一〇〇〇万株を保有し、その所有比率は三・一％で、金融機関、生保とともに主要株主の一社である。一九六七年のコナタ社経営危機の際に、三星銀行、平和銀行とともに支援して以来、この関係が続いている。加えて一九八八年に日本土地（株）によるコナタ株買い占め事件が起きた時、当時のコナタ井田恵一社長から三星商事棚橋晋吾社長への要請に応じ、三星銀行、平和銀行とともに、安定株主工作として新たに二〇〇〇万株の買い増しをして、現在の持株一〇〇〇万となったのである。この事件はバブル崩壊で、日本土地の木本一馬社長が拳銃自殺したことで終焉した。コナタ社経営トップは、この経緯を忘れるはずがなく、今回の合弁契約解消で、もはやコナタ社株を保有する意味もない三星商事が、市場で放出しないかと危惧した。二月一日に槇山がコナタ米村社長に面談した際にも、経営トップとしてこの点を大いに危惧している様子が見受けられた。ところが岩見本部長、沢浦部長は、そんなことはトップが考慮することであるとして、この持株問題に引きずられなかった。

一方三星商事側は、駒村専務、西浦本部長、富田部長にとっては、過去の経緯は聞いてはいるものの、これをどのようにコナタ社との交渉道具に使うかがピンとこないようで、真剣に考えようともしない。槇山はそれなりの売却額でなければ、商圏と販売網を築き上げてきた先輩たちの苦労が報われない、とひとりで悶々と悩んでいた。

　槇山は五月二三日から二七日までの五日間で、ミラノ、ハンブルク、パリ、ロンドンと回り、エムビックス販社で経営にあたっている三星商事出向者に、合弁事業からの撤収方針を説明して回った。ミラノの白須浩一郎、ハンブルクの村北吉孝、パリの大村和昭、そしてロンドンの伊能和彦、高松民平である。三四歳の白須、三二歳の大村はともに隆盛期の情報機器部で育ち、その後の海外赴任で活躍して、コナタ社からの若手出向者を指導して経営にあたっていた。彼らは槇山の説明を聞いて理解は示すものの、心は全く納得していなかった。白須はミラノ・リナーテ空港で槇山を迎え、翌日のエムビックス・イタリア小玉社長、その後イタリア三星商事大山社長との面談に同席、そしてハンブルクに赴く槇山を再びリナーテ空港への見送るまでの丸二日間、常に槇山に同行してくれた。その間、自分たち三星商事出向者が大きな役割を果たしていることを槇山に説き続け、なんとか事業からの撤収だけは避けられないかと訴えた。二日目の晩にミラノ事務所裏の昔懐かしい『アルトパッショ』で夕食を伴にした時に、槇山は言葉を選んで白須に言った。

「白須君、君の気持ちはよく理解できる、いや理解できると言っては却って失礼かな。でもね、事ここに至っては僕もどうしようもない。我々が君たち若手に夢ある事業を残してあげられなかったことは残念だ。でも今宵だけはこの美味しいスパゲッティ・アレ・ボンゴレ・ビアンコを食べさせてくださいな」

その瞬間に、今まで昂揚していた白須が、おどけた槇山から視線をはずし、黙って斜め後方を見つめた。ホテルに戻った槇山は、改めて白須の表情を思い出し、その夜は寝付けなかった。

槇山は六月からコナタ社と合弁契約解消の交渉を開始した。種々検討した結果、販社持株の売却額を二五億円で、先に三星商事の方から提案することを考えた。販社持株簿価一〇億、暖簾代七億、一九八八年のコナタ二〇〇〇万株防戦買いの含み損八億、合計二五億円である。つい一ヶ月前までは高値でぶつけようと言っていた西浦本部長と富田部長はいざとなると、コナタから反論された際にうまく対応できなかったらどうしようと、金額提示を三星商事側から口火を切ることを躊躇した。結局、槇山が強く反対したにも拘わらず、まずはコナタ社の出方を見ようということになってしまった。

六月一六日、西浦、富田、槇山の三名はコナタ本社を訪問して、岩見本部長、沢浦部長との合弁契約解消並びに販社持株売却の第一回交渉を行った。

会談は槇山の恐れていた形で進行する。沢浦が期限の差し迫ったエムビックス・インター社のローン問題を滔々と説明し、その話に一段落をつけるようなタイミングで、五億円での購入提案を出してきた。算出根拠は欧州三販社の資本金の三〇％相当の円貨額で、これには暖簾代も含めていると。またキャッシュ払いはできないので、支払い方法は相談させてほしいとまでいう。

槇山はコナタ側が提示した金額の低さもさることながら、純資産がマイナスの販社もあるなかで三星商事の立場も考慮した、という発言に、心中の怒りを抑えようと拳を握りしめていた。そこへの西浦の返答が槇山の怒りを増幅した。

「コナタ社のご提案はよくわかりました。持ち帰って検討します。我々としては早急に決着をつけたいと考えています。支払方法に関しては御相談を受けることはやぶさかではありません」

槇山はこのままの形で会談が終わってしまうことを避けようと、衝動的に発言した。

「我々は今、三〇年に亘る合弁契約の解消を話しているのです。当然これは今後の両社の取引関係にも影響が出るわけで、日本土地事件絡みの防戦買いを含め、三星商事が保有しているコナタ社一〇〇〇万株をどうするかの問題にもつながってきます。基幹取引がなくなれば、コナタ株を売却することになるかもしれないことは御認識ください」

皆一同これを聞いて黙り込んだ。岩見、沢浦は当時の日本土地事件の詳細まではよく知らないだけにポカーンとしており、一方、西浦、富田は部下が勝手に発言するのを苦々しそうに見ていた。

帰りのタクシーの中で西浦は、前部座席に座る槇山を激しく罵った。

「槇山、お前は自分を何様だと思っているんだ！　立場もわきまえず勝手に発言しやがって。コナタ保有株の持ち出し方は駒村専務と相談の上、こちらでタイミングを考えているのに、おまえは何を考えているんだ！」

富田もそうだそうだ、とばかりに大きく頷いている様子が背中に感じられた。槇山は怒りを爆発させる寸前で思いとどまり、帰社までの三〇分間はただただ押し黙っていた。心の中では「交渉のやり方も知らない馬鹿上司が何をほざいているのか！」とつぶやきながら目を閉じていた。

コナタ社からの五億円提案を巡って社内では議論が紛糾した。駒村、西浦、富田のトップは、早く決着をつけることを優先し、これで本事業での三星商事負担のリスクマネーがなくなり五億円をもらえるならば、この提案を受けてもいいのでは、という考えに傾いていた。他方、本事業に携わる本社、欧州の関係者は、コナタ社の提案に憤り、それ相応の対価を得られなければ今までの苦労が報われないとして、強硬な交渉をすることを主張した。

ちょうどこの時期に、六月二三日の全社投融資委員会に『コナタ複写機欧州事業よりの撤退』と題した申立書を上程し、「已むなし」として承認された。承認書に付帯意見として記録された欧州三星商事社長、加瀬常行のコメントが槇山を慰めた。

『二〇年以上に亘り続けてきた合弁事業であり、確立した販社組織及び販売網は大きな資産である。在欧各社が赤字に転落し、販社純資産がマイナスになっているのは、固有の経営問題もさることながら、コナタ社が本社で利益を吸い上げ、販社に利益を残さぬ経営方針が基本にあり、意図的に債務超過に追い込んだと言えなくもない。撤退方針は已むを得ないが、せめて販社の株式譲渡に当たっては、各販社の無形の資産を正当に評価の上、相応の対価を得るべく鋭意交渉願いたい』

コナタ社にカウンタープロポーザルを出すに当たって、槇山は富田と激しい議論を繰り返した。富田は五億円に近い線を出して早期決着を図ることが肝要だと主張し、槇山は頑強に反対する。ある時、激高した槇山は、口にすまいと思っていたことをつい富田に言ってしまった。

「富田部長、なぜそれほどまでに早期決着に拘るのですか？　先日聞き及んだのですが、コナタ社問題を解決したらアルゼンチン三星商事社長に赴任させる、との話が上で進んでいるようですが、本当ですか？」

富田は何も答えず、不愉快そうに腕組をしたままであった。今や槇山は富田を全く信頼せず、富田は槇山が邪魔で仕方がないものの、交渉当事者から外すこともできずに苛々していた。

槇山は西浦からは怒鳴られながらも、富田を粘りに粘って説き伏せ、やっとコナタ社への提示額を一五億円とすることで社内を纏めた。

六月二八日、富田と槇山はコナタ本社に岩見、沢浦を訪ね、一五億円の提示をした。コナタ社からは、赤松専務と駒村専務とのトップ会談で決着させることにしてはどうかとの提案があった。槇山もそのように持っていくべきだと思ったものの、富田は実務レベルでの合意が先決だと強硬に言い張った。槇山は西浦と富田が、自分たちで本件を決着させたという形をとることに拘泥している姿を眺めて、三星商事にはなぜこのような幹部が増えたのだろうと、ため息をついていた。

七月一五日、コナタ社赤松専務が三星商事を訪問、駒村専務と西浦本部長に面談した。コナタ社も、さすがにここに来て、三星商事保有の一〇〇〇万株が合弁契約解消でどうなるか心配になり、三星商事の意向を確かめに来たのである。駒村専務は、今すぐ保有株を売却するようなことはしない、いずれその時期が来たら相談する、と返答した。槇山はこの報告を聞いて、格好ばかりつけている駒村たちに呆れるしかなかった。販社持株売却額交渉と紐づけて話すのは、紳士のやることではないとでも思ったのだろうか、殿様商売と言われる三星商事の一面を見た思いがした。

七月二八日、コナタ社岩見本部長と沢浦部長が三星商事を訪問、西浦本部長と富田部長に面談した。槇山は西浦の意向でこの会談の場から外された。会談の冒頭で、コナタ社はやはり一〇〇〇万株のことが心配で、赤松専務から三星商事の意向を再度確認するように指示があったとのこと。これに対して西浦は、今すぐに株を売却するという乱暴な話ではなく、その時期が来たら両社の専門部局が打ち合わせの上、合意のもとで行うので心配しないで欲しいと、駒村・赤松会談の合意を再確認する形の返答をした。

この回答を得たコナタ社は改めて一〇億円の提案をしてきた。これに西浦、富田が合意し、一ヶ月半に亘った交渉は事実上決着した。槇山は富田からこの会談の結果を聞いてやり場のない憤りを覚え、これで終わってしまったのかという無力感に包まれていた。

その後、コナタ米村社長が三星商事棚橋会長を訪問し、今までの三星商事の尽力に御礼を述べたい意向であるとの噂が出た。槇山はこれを聞き及んで、何を今更と苦々しい思いで、半年前に京王プラザで会った『決めない社長』米村の表情を思いだした。

欧州販社株式売却に係わる契約は九月一四日に西浦・岩見間で調印された。これを受けてコナタ社米村社長と赤松専務が三星商事槇村社長を表敬訪問し、すべてが終了した。

槇山は売却交渉が決着したのち、セブンオックス社に赴き涌井忠正に報告した。涌井は温かい言葉でねぎらってくれた。

「槇山君、本当にご苦労様でした。出資簿価の九・七億円を上回っているのだから上出来だ、逆風の環境下で本当によくやったと思うよ」

この三ヶ月間、緊張した中で硬く重苦しい会談や交渉を続けてきた槇山は、張りつめていた気持ちが軽やかに緩むのを感じながら、つい不満をこぼした。

「我々が長年築き上げてきた販売網がたった一〇億円で売却とは、なんとも無念です。それにしても、IT産業グループのトップは儲かってもいないグループを率いていながら格好ばかりつけて、売却額を上げる努力はしないし、コナタはコナタで何事につけスカッとしない社風で、全く両社の嫌な面ばかりが表れた交渉でした」

「三星商事は組織の三星と言われるだけあって、一致協力して事を進める時には実力を発揮するけれど、常道から外れてリーダーの判断と決断が試される時になると、意外と弱い。プライドだけ高いサラリーマンの集まりだからね。コナタも実力者井田会長が第一線を退いて、逃げの米村社長の経営になってから、すっかり個性のない会社になってしまった」

槙山は涌井を相手に一時間以上も愚痴をこぼし、少しは気が晴れた。帰り際、涌井が頼みがあると言った。

「高垣守さんにも報告してもらえるかな。エムビックス事業創設期の責任者だからね。棚橋会長や槙村社長と三星商事役員ＯＢ会で会って、この件が話題に上ることもあるかもしれない。三年前に米国三星商事社長から帰任して、その後宇宙通信ネットワーク社長になって、今は顧問に退いているはずだ」

「そうですね、忘れていました。もう一〇年近くお会いしていませんが、早速お訪ねしてみます」

翌日、槇山は顧問室にいる高垣守を訪ねた。いつものギョロ眼の愛嬌ある顔で槇山を温かく迎えてくれた。すでに七〇歳に近づいているのに元気潑剌としていて頭はシャープである。

「槇山君よく来てくれたね。最近のエムビックス事業の動向に関して何かと情報が入ってくるし、竹下君や槇山君がＩＴ産業グループ内で苦労していることも耳にしていたよ」

槇山は順を追ってここ二年の事業の経緯と撤収に至った経緯を説明した。大先輩がどのような反応を示すか内心は心配していたが、反応は実に淡々としたものだった。

「懐かしいな、皆が議論を戦わせて作り上げてきた事業だからね。しかし僕は、最初から商社がマジョリティをもって販社経営を行うことには懐疑的でね、なんと言っても製造現場には疎いし、メーカーの商品力に左右されてリスクが大きい。それで一九七八年に販社株の七〇％をコナタに売却することにしたのだけれど、涌井君が最後まで頑強に反対してね、苦労したよ」

かつては海外出張前にあらかじめ報告書が出来上がっているという逸話を持つほど、実行力と鋭利なり頭脳を持つ高垣だけに、過去の出来事や数字が淀みなく出てくる。槇山は感心しながら聞き入っていた。

「君たちの努力もあってここまでエムビックス事業を繁栄させてきたのだから、何も悔やむことはない。過去の事例を見ても事業が悪化して撤収するケースがほとんどだから、売却して出資簿価を取り戻したのは稀なケースだ、よくやったよ」

その言葉に無性に嬉しくなった槇山は懸命に涙を堪えていた。

「でも、槇山君、不思議なもので三星商事から離れていった企業は、だいたい衰退していくのが常だ。三星商事の無形のブランド力というのかな、それはやはりあるんだよね」

槇山は自信に満ちた古き良き三星商事マンを前に意を強くし、顧問室をあとにした。


七月三〇日土曜日。この日、気温は三〇度を超えていた。槇山は斉木敏彦、会田哲央、後藤淑子を誘って、中野区上高田の願正寺に眠る吉水徹の墓を訪ねた。ここに川重毅が加われば、一九七四年当時の複写事業課長吉水徹以下の主要メンバーが揃うのだが、彼はニューヨークに駐在中だった。

槇山は墓碑の弘誓院釋諦徹居士という戒名を眺めながら、一四年前にパリで執り行われた葬儀をしみじみと想い起こしていた。突然、隣の後藤淑子がつぶやいた、

「吉水さんて本当に素敵だったわ。あの歌舞伎役者みたいな顔と眼で微笑まれるとたまらないの」

その言葉は、槇山に二〇年前の課内旅行を思い出させた。蓼科女神湖でのボート遊びだ。後藤淑子以下女子社員が吉水を囲んで一艘のボートを漕ぎだし、そのあとを槇山、斉木、会田、川重と、男だけが乗るボートが恨めしそうに追っていく……良き時代、良き会社生活。

帰りに中野駅南口のそば更科に立ち寄った。斉木も会田も、とうの昔にエムビックス事業から離れ他部門に移っており、後藤だけがエレクトロニクス機器部で槇山のもとにいる。

斉木はエムビックス事業が撤収する経緯をすでに知っていたが、詳しい情報が入っていなかった会田は、いろいろと槇山に質問してきた。彼は、つい五年前まで羽振りの良かった事業が撤収に追い込まれたことを、感覚的になかなか納得できないようだ。

「コナタ社は京都の公家みたいで昔から態度がはっきりせず、槇山さんもさぞかしやりにくかったでしょうね。それにしても三星商事もコナタ社に振り回されているようでだらしないですね。仮定の話ですが、この事業がＩＴ産業グループに移っていなければ撤収しなかったでしょうか?」

「コナタ社は我々と体質の違う会社だからやりにくいし、心底好きにはなれない会社であることは確かだ。また三星商事出向者のお陰で、コナタの若手が育ってきているのに、そのことに感謝しているように見えない。一方三星商事側は、地道でまじめで社内政治力に欠ける資材本部出身者は、ＩＴ産業グループトップからは蹴落とされてしまい、今やこのエムビックス事業の価値を理解する人はいなくなってしまった」

現在は生活産業グループ企画室に所属する斉木が、ビールを一口飲んで言った。

「僕の属するグループは食料部門が中心ですが、やはり彼らはかつての輸出入たる川上取引から始め、その後物流をおさえ、今や川下に注力しています。商品分野に応じた川上、川中、川下との一貫した戦略がしっかりしています。その辺が旧資材本部もＩＴ産業グループも弱いのかもしれませんね」

「斉木君の言う通りだ。それは僕を含めた我々の世代にも大きな責任がある。目先の繁栄とか日々のトラブルばかりに奔走して、長期的な視点からのビジョンや、サプライヤーであるコナタ社への対応を怠ったつけが来てしまったようだ。先輩たちがつくりあげた事業をこのような形で撤収し、後輩たちにつなげなかったことは本当に申し訳ないと思っている」

「でも、この六ヶ月、私も槙山さんを傍から見ていて本当に大変だったと思います。かつての槙山さんであれば怒り狂って、私たち女子社員にも八つ当たりしていたと思うけれど、今回は個人的感情の爆発は抑えて、ともかく堪えに堪えてやり遂げられたのではないでしょうか。見直しましたよ」

いつもは辛口の後藤淑子のこの発言で、座がまた賑やかな談笑に戻った。

第一四章　男たちの旅立ち

槇山純平はエムビックス事業の撤収交渉を決着させたあと、大鋼電機製カラープリンター事業に本格的に取り組んだ。この事業もエムビックス事業と同様に旧情報機器事業部時代からの懸案事業であった。米国三星商事独自のリスクで行う企業向け販売事業で、社内ではナイトプレーンオペレーションと呼ばれており、現地責任者は川重毅である。一方欧州では英国カラーグラフ社と独国三星商事ハンブルク支店に拠点を持ち、萩本茂雄が責任者として赴任している。この事業を本社エレクトロニクス機器部で槇山が和光久志、倉本誠一とともに管轄している。欧州市場からの撤退は既に一九九四年春に決定していた。米国三星商事ナイトプレーン支店での販売事業は、新商品開発の遅れと価格問題で伸び悩み、九四年度業績予想は二億円の赤字を見込み、その補塡を求めるとともに、次年度からメーカーの大鋼電機へ販売事業を移管すべく交渉を重ねてきた。しかし半年たっても大鋼電機の煮え切らぬ対応でなかなか進展しなかった。槇山は担当の和光、倉本とともに、そしてある時は川重毅を米国から出張させ、皆で大鋼電機におしかけて交渉を続けた。同社の回答を得ては駒村専務に報告し、駒村は未だ不充分だと突き返す。槙山以下は再び大鋼電機に赴き再交渉をする。この繰り返しでようやく一〇月一二日、事業移管で合意に達した。三星商事の手仕舞い損失は二・五億円に上った。

槙山は部長代行として机を並べる立岡久巳に、大鋼製カラープリンター事業の損失を報告した。というのも、もともとは立岡が一九八八年に米国三星商事ナイトプレーン支店でこの販売事業を開始したからである。立岡は素っ気なく答えた、

「そうか、二・五億円ならまあまあかな。大鋼電機の商品力ではやはり無理だったね」

槙山は、まるで他人事のように答える立岡に唖然とするしかなかった。

コナタ撤収作業は、七月末にコナタと基本合意に達してからは目の回るような忙しさで、さすがにタフな槙山も心身ともに限界に近かった。コナタ社との欧州合弁契約の解消手続きを終え、アジア・中近東・アフリカ向け複写機輸出取引の移管を、九四年一一月末をもって完了する段取りをつけた。ＯＡ機器チーム全員による最後の大仕事である。槙山純平以下、内垣誠、和光久志、倉本誠一、女性陣は後藤淑子、鶴田智恵子、小原聡子、藤田

明美、柴本麻衣子、臼井貴子が一丸となって動いた。契約関係の整理、社内経伺書類作成、銀行などへの対外発表、船積・為替実務の移管など。欧州以外の地域を担当する隣の電子機器チームでは友秋圭一、岩坂博孝、小塚廣太郎、中森明子が、アジア・中近東・アフリカ一七ヶ国のディストリビューターへ経緯説明と取引移管の説得に奔走した。

槇山が一番頭を悩ませたのは、欧州販社に出向している社員の帰任先と、ＯＡ機器チームと電子機器チームで、エムビックス事業に携わる社員の転出先であった。エレクトロニクス機器部も人員が余剰気味で、部内異動で全員を吸収するのは難しかった。

そんな中で鶴田智恵子は突如結婚を決めて退職していった。今後自分に合わない業務に移されることを予期して結婚を選んだのだろうか。一九九二年に槇山が英国から帰国して以来、有能なアシスタントとして支えてくれただけに槇山のショックは大きかった。

販社に出向している五名のうち、伊能和彦と村北吉孝はすでに六〇歳に近いので槇山が心配する必要はなかった。高松民平はエレクトロニクス機器部の立岡久巳、井藤康などと旧光機資材部仲間でもあり、エレクトロニクス機器部に戻ることになるだろう。問題は、まだ三〇代半ばの若手二人、白須浩一郎と大村和昭である。二人とも隆盛期の旧資材本部時代の光機資材部で槇山を見て育っただけに、恐いもの知らずで遠慮がない。それを嫌った立岡久巳ほか旧民用機器部の者は、この二人の実力を正当に評価することなく疎んじているようだった。槇山は二人の個性豊かなところを強調して、なんとか良い帰任先を見つけたかったが、今や槇山にはそれを実行する手立ても権限もない。結局、二人は通信ネットワーク系の事業投資先に出向することで、一〇月下旬の帰国が決まった。槇山が三〇代半ばでミラノから帰国した時は、光機資材部の加藤一樹次長や涌井忠正課長が親身になって槇山の帰任先を考えてくれたものだ。後輩に同じようにしてやれない自分の無力さに、なんともやりきれない気持ちで一杯になった。

今回の合弁契約の解消と事業からの撤退よる現地での動揺を抑えるために、欧州販社臨時社長会を九月五日にハンブルクで開催し、経緯説明をすることになった。そこに販社責任者総勢一七名と、コナタ本社の岡崎取締役経理部長、岩見本部長、沢浦部長の出席が決まった。槇山は富田部長と伴に、三星商事側を代表して当然参加するものと準備していたが、富田は頑として自分一人で参加すると言い張った。この撤収は自分がやり遂げたと皆に示したいのか、初めてのハンブルク訪問を楽しみたいのか、彼の本心はわからないものの、要は槇山が邪魔だったのである。後日エムビックス・UK社長の伊能和彦が送ってきてくれたメモによれば、会議では、コナタ側がこれから全責任を持って頑張ると一方的に喋ったという。しかし現地社員幹部は、やはり欧州市場で三星ブランドが外れることへの不安を強く感じており、各国銀行筋への説明はどうするかなどの質問が続いたとのことであった。

富田が九月五日の欧州販社臨時社長会に出席するのを横に見ながら、槇山は独自に欧州販社を巡回する出張にでかけた。昔からの仲間たちに、撤収に至った経緯をなんとしてでも自分の口から説明したかった。さらに、かつての古巣、イタリア三星商事とエムビックス・UK社へは三星商事在籍中の最後の訪問になるだろう、という思いから、上司の富田に詰め寄り、強引に出張を承認させたのである。

九月五日夕刻にパリに到着、空港に迎えに来ていた大村和昭の運転で市内のホテルに向かった。

大村は一〇年前、ＯＡ機器開発チームで槇山の部下であっただけに、言うことに遠慮がない。

「槇山さん、僕としてはこの一〇年間は、なんだかわからずにおだてられ、引き回され、そして欧州に放り出された、という気持ちです。入社してＯＡ機器チームに配属され、槇山さんからは、どやされ続けてなんとか成長しました。今から考えると、槇山さんは教育的指導とかなんとか言っていましたが、あれいじめでしたよ」

「そんなことを今更言っても仕方がないよ。タバコの火で輸出船積書類を燃やしてしまったり、隣のデスクの高井暁美のミニスカートから覗く太腿を見て鼻血を出したりと、そんな君を指導するには骨がおれたよ。確かに彼女の太腿は肉感的だったけれどね」

「話を逸らさないでください！　欧州駐在になってからは、槇山さんの指示に従い欧州流浪の旅です。一九九二年の七月にハンブルクのエムビックス・インター社に赴任したと思ったら、半年も経たぬうちに田舎町リューネブルクの物流センターに移され、そして昨年にはエムビックス・フランスに異動、やっと花のパリに来たと思っていたら突然の帰国命令ですよ。槇山さんが悪いわけではないですが、どうなっているのでしょうか僕の人生、いくら素直な僕でもいじけてしまいます」

「確かに君の言う通り、先が見通せずにこういう結果になって本当に申し訳ないと思っている。奥さんの梨花さんもやっとパリの生活に慣れたのにね」

「女房もフランス人の友達ができてパリの生活が楽しくなってきたようです。それはいいとして、僕は一体どこに戻るのでしょう?」

「通信放送事業本部はNTTや東電など通信、電力系大手と組んで通信ネットワーク事業に力を入れているので、大村君もその方面に行くのではないかな。最初は苦労すると思うけれど、君の実力と今までの経験があれば、新しい分野でもきっとうまくいく。自信をもって進んでいってほしい」

「私は、西浦本部長、富田部長にはどうもなじめそうにありません」

「それは仕方がないよ。今まであまり馴染みがなかったのだから。しかし僕と違って君のようなキャラクターは意外と可愛がられるかもしれないし、またいつまでも彼らが上にいるわけじゃないからね」

「率直に言って不安です。これからもはたから見守っていてくださいね。かつて僕をいじめた借りを返してくださいよ」

二人で深刻な話をしながら、大村の運転するプジョーは帰宅時のラッシュに巻き込まれることもなく、パリの街中を通り抜けていく。大学時代に自動車ラリー部でキャプテンをしていただけあるな、と槇山は妙なところで感心していた。

翌日六日、エムビックス・フランス石田康弘社長を訪問した。槇山とは正反対の律儀な人格者であるが、なぜか昔から槇山を買ってくれている。石田はハンブルクでの臨時社長会から今朝帰国したばかりであった。元々は木材部、人事部などで活躍し、三年前に三星商事を定年退職してコナタ社に移籍した。石田は、三星商事が撤収せざるを得ない状況は理解しているものの、今回のコナタ社岩見本部長、沢浦部長のやり方には批判的であり、昨日の臨時社長会でも、沢浦が滔々と説明する姿に人間性を感じられなかったとこぼしていた。その一方で三星商事が離れることで欧州販社が対外的に支障をきたさないかと、大いに不安を持っていると率直に語った。

石田は、自らベンツを運転し、モンマルトル裏のフランス料理店に槇山を案内した。メニューの一つ一つを丁寧に説明し、槇山への感謝を込めてと、ブルゴーニュ産ワイン、シャンベルタンを注文してくれた。さらに食事後ロンドンに向かう槇山を、わざわざドゴール空港まで送り届けてくれたのである。

九月七日、槇山はロンドン市内シティにオフィスを構える欧州三星商事、加瀬常行社長、細田良敬副社長と面談した。加瀬社長は開口一番、販社株の売却額一〇億円は安すぎると不満を口にした。次いで槇山に欧州販社出向者の帰国時期と配属先は、十分に配慮するようにとの強い指示があった。加瀬社長は一九七〇年代には英国三星商事業務部長としてたびたびイタリア三星商事を訪れ、槇山とは旧知の間柄であった。欧州エムビックス事業の始まりからその後の発展の経緯も熟知しており、常に側面からこの事業をサポートしてくれたのである。槇山は加瀬の厳しいながらも心のこもった言葉の一つ一つに深く感謝した。

エムビックス・UK社長伊能和彦と高松民平ダイレクターとは、昔懐かしい日本料理店「政子」で語り合う時間を持つことができた。伊能は槇山がエムビックス・UK社長時代に、それを管轄する側の情報機器部長であった。それだけに今回の撤収にかかるIT産業グループトップの動きと、コナタ社の対応の問題点を承知しており、槇山の苦闘を心から理解しねぎらってくれた。事が終わって結果を見れば、欧州エムビックス事業を東京で管轄する歴代の責任者、伊能和彦、竹下正明、槇山純平が力不足であった、というのが伊能の偽らざる感想である。同席していた高松民平は、相変わらず横から冷めたコメントを差し挟んだ。槇山は旧光機資材部から繋がる絆を心地よく感じながら、伊能相手にIT産業グループ幹部を辛辣に批判した。

九月八日、槇山は独国三星商事ハンブルク支店に赴き、松山支店長と面談、改めてエムビックス事業と大鋼製カラープリンター事業撤収の説明を行った。その日、たまたま東京から出張中の社長室会事務局長の大島和彦を囲んでの夕食会を、支店長宅で行うことになっており、槇山も呼ばれて同席した。横で三星商事の最近のトピックスを語る大島を見て、将来の社長候補と言われる人はさすがにしゃべることも雰囲気も違うな、と感心した。ホテルに戻る大島の車に同乗させてもらった槇山は、エムビックス事業のことも話したが、大島は当然のことながら事業が撤収されることを知っていた。その是非に関してコメントはしなかったが、従来の商社取引とは異なりマーケットへ直接販売した経験は、必ず槇山の将来に役に立つはずだと慰めてくれた。

九月九日夕刻、ミラノ・リナーテ空港に到着した槇山をエムビックス・イタリア社の白須浩一郎が出迎え、そのまま街はずれのイタリア料理店「CENACOLO」に連れていかれた。かつて槇山がミラノに駐在していた時に足繁く通った店で、パルミジャーノとバジリコが相俟った牛肉のカルパッチョがなんとも美味しい。もともとはエムビックス複写機伊国ディストリビューターFOTOREX社のオーナー、アッティリオ・ジェッケレ社長が紹介してくれた店である。CENACOLOとはイタリア語で「最後の晩餐」という意味で、槇山の心境を慮った白須の優しい配慮が心に染みた。五月の出張時に白須に会った時は、撤収に悲憤慷慨していたが、もう諦めもついたのか、いつものテンポのいい口調で社内の人々のことを面白おかしく語った。

翌一〇日の朝、槇山は白須の運転でエムビックス・イタリア小玉社長、イタリア三星商事大山社長への挨拶に回った。大山康弘とはイタリア語学研修生時代、その後イタリア三星商事時代を一緒に過ごした仲間で、喧嘩もしたが、互いに個性を理解し合う間柄である。

槇山はこの大山に感謝していることがある。一九八九年にエムビックス・イタリア社が減増資をした際に、五％の出資をしていたイタリア三星商事が三〇〇〇万円の損失を被った。歴代のイタリア三星社長、大笹雄一と後任の熊瀬武雄は、執拗に東京の情報機器部にその補塡を求め続けた。イタリア三星商事といえども立派な独立法人であり、その要求は、税法上とても許されることではなかった。それにも拘わらず、前年ミラノに出張してきた情報機器部長の竹下正明を、熊瀬武雄は資材課長の東川成夫とともに社長室で長時間に亘り攻め続け、とうとう竹下から『善処する』との言質をとった。三ヶ月後に出張してきた槇山は、それを『密室で強要された自白』みたいなものだと反論して頑として譲らなかった。それを受けて熊瀬は、欧州三星商事加瀬社長に、上司の決めたことを勝手に破棄するけしからん男がいる、と強硬に抗議した。それを耳にしたロンドンの横川直哉が、槇山のことを心配し、わざわざ電話までしてきてくれた。最終的には、熊瀬の後任としてイタリア三星商事社長に就任した大山康弘が、いとも簡単に取り下げてくれたのである。

槇山は今日も改めてそのことに謝意を表した。

「槇山君、当たり前のことだよ。もともと税制上許されるものではないし、かつて資材課長としてイタリア三星商事の収益を支えてくれた君に要求することではない」

「そう言われると本当にうれしいよ。ありがとう。あの頃は二人とも三〇代前半で輝いていたね。お互いにイタリア三星商事を支えている気概を持っていたけれど、周囲からは傲慢な若者たちと思われていただろうね」

大山は同意するように笑った。

「ところでこれから君はどうするの?」

「まずは海外出向者の着地点を決めるのが先決だ。僕の行き先についてはいろいろ耳に入ってくる。駒村専務辺りが考えてくれると期待しているけれどどうなるかな」

槇山は再び白須の運転で帰国便にのるためにリナーテ空港に向かった。もうこのビルともお別れだな、と感傷を込めてリベラツィオーネ通りに立つイタリア三星商事ビルを振り返った。

槇山は一週間も経たずして、今度は中近東、アフリカの旅に出た。三星商事は欧州以外の輸出先は第三地域と称して一八ヶ国の代理店向けに、エムビックス複写機の輸出を行っていた。今回の出張はその取引から撤収してコナタに移管することを、三星商事現地支店並びに代理店に説明することが目的である。近場の東南アジアには富田部長は自分が行くと強く言い張ったので、槇山は遠く離れた中近東、アフリカ諸国を歴訪することになった。

コナタ社の大和吉雄を伴っての気の重い出張である。幸い第三地域担当の岩坂博孝がアポイントとスケジュールのすべてを整え、出張に同行してくれたので、八日間で、ロンドン、クエート、リヤド、ドバイ、ヨハネスブルグ、と効率的に巡回することができた。現地の各支店長からは、三星商事本店の弱腰をいろいろ言われたが、最終的には撤収方針を了解してくれた。出張最後のヨハネスブルグでは、岩坂の心遣いで夜のサファリツアーに参加した。槇山は満天のアフリカの星を見上げて感傷的になり「思えば遠くへ来たもんだ」と一人でつぶやいたのだった。

九月下旬になって漸く撤収作業も山場を越えた。槇山は自分の転出先について、深く考える余裕もなかったが、一段落してみると不安が増してきた。これは西浦本部長の管轄人事だが、彼が槇山のことをまともに考えてくれるとは思えない。昔から槇山をよく知る駒村専務が、ＩＴ産業グループ内の適当な事業投資先か、販売会社の責任者に据えてくれるだろうと、勝手に期待していたがどうもその動きもない。駒村は性格的に、その人物に興味を失うと急に無関心になる。最近、大鋼電機カラープリンターの件でたびたび駒村のもとを訪れているが、槇山の行き先を考えている気配が感じられない。そこで槇山は周囲の動きを探ってみることにした。そこで浮かびあがってきた情報は驚くべきものであった。部長の富田俊一は念願のアルゼンチン三星商事社長にほぼ内定し、来年早々にはブエノスアイレスに赴任する、エレクトロニクス機器部長には立岡久巳が昇格、そして槇山はサウジアラビアのジェッダ駐在事務所長の候補となっているというのである。

槇山は焦った、中近東駐在は典型的Ａ型人間の自分には不向きと固く信じこんでいたし、今までの職歴と業務経験を生かせる場所でもない。今や三星商事内に居場所がなくなり、早いうちに早期退職制度を利用して退社する覚悟を決めていた槇山だが、海外に赴任してしまっては転職活動も思うようにできない。

まずは事の真偽を確かめるべく、富田に単刀直入に問い質した。

「富田部長、私がジェッダに赴任するような話を小耳に挟みましたが、どうなのでしょう？」

「僕もそのようなことを西浦本部長から聞いている、まだ候補の一人ということだと思う」

「土地勘も業務関連もない私がなぜジェッダなのですか？」

「僕はこの件にはタッチしていないのでなんとも言えないけれど、サウジ市場の大事な拠点で、それなりの人物が赴任する必要があるのではないかな。なんと言っても場所長は一国一城の主だし、いいものだよ」

槇山はまるで他人事のような富田の言葉に腹を立て、言わずもがなと思いながらも、言い放って席をたった。

「富田部長、ご自分はアルゼンチン三星社長に内定して、すっかり心ここにあらずといったご様子ですね。部下の行く末はどうでもいいとは呆れたものです」

その後槇山は猛然と動き回った。まずジェッダ駐在事務所の状況に詳しい業務部の中山憲一を訪ねる。中山は語学研修生時代の仲間で、同時期に槇山はイタリアに、中山はエジプトに派遣された。中山に拠れば、ジェッダ事務所は現在六名が駐在し、燃料とプラント案件が主要業務で、場所長は皆を取り纏める立場だが、むしろ蚊帳の外に置かれることも多いという。とても槇山に向いているとは思えないと言われた。

その足で人事部にいる同期の橋田義明を訪ね、ジェッダ赴任の断り方を教えてもらう。橋田は、人生も後半戦に入ったので自分が燃焼できる仕事に就きたい、と徹底して断る姿勢を貫くべきだと、槇山に忠告してくれた。

翌朝、すっかり疎遠になっていた西浦を訪ねた。いつもの深酒で出社が遅い彼を本部長室の前で待ち続けた。西浦が自室に入り座るところを見計らって入室した。槇山は毅然たる態度で、ジェッダ赴任の話があっても断ると告げた。西浦は不愉快そうに顔を背け、何もコメントしなかった。しかし彼の表情から、まだこの件は固まっていないこと、そしてこれで槇山をジェッダに出すことを断念するだろうという感触を得ることができた。

その日午後、時を置かずして槇山は後藤電子事業本部長の部屋を訪ねた。四月以降は勤務するフロアが異なってしまったので、なかなか顔を合わせる機会がなかったが、久しぶりの槇山の来訪を温かく迎えてくれた。

「ご苦労だった。でも一仕事終えた割には元気そうじゃないか」

「お陰様で一段落しました。今までは気が張っていたのですが、これから落ち込むところです。ところで後藤本部長は私の転出先をどのようにお聞きになっていますか？」

「今、僕は口を出す立場にいないけれど……駒村専務や西浦本部長はなんと言っているの？」

「駒村専務は無関心のようで、西浦本部長はよくわからないのですが、どうもジェッダ駐在事務所長を一つの候補と考えているようです。私としては土地勘も業務も不案内なところは無理だと、今朝、西浦本部長に申し入れしてきました」

「相変わらず君らしい直情径行の行動だね」

「でも、話が進んでしまっては手遅れですからね。ＩＴ産業グループの事業投資先でどこか私に向いたところがあると思うのですけれど。どうも西浦本部長は私を本部内には置いておきたくないようです」

「そんなこともないと思うけれど。たぶん駒村専務が決めることで自分は動かなくてもいいと思っているかもしれない」

「そんな無責任な話ありませんよ」

「いざとなれば電子事業本部に戻るか？　今は君に行ってもらう適当な事業投資先は思い浮かばないが、とりあえずは電子事業本部長付となって、スタッフとして経営計画やコンピュータ事業を見てもらうことはどうだろう？」

「ありがたいお言葉です、是非お願いします」

後藤の親身な言葉に槇山は眼が潤むのを感じながら頷いた。

三星商事は一九七〇年前後に大量採用した社員の高齢化対策として、五〇歳からの準定年退職制を時限的措置として導入し、その支援を行うライフデザイン室を一九九四年夏に設置した。室長はもと機械本部所属の佐々浩二である。槇山は間もなくその年齢になるので、佐々室長を訪ね、この制度のあらましの説明を受けることにした。

「槇山君、久しぶりだね、何年ぶりだろうか」

「えっ、お会いしたことありましたっけ?」

「君は船舶海洋部にいたよね、僕は同じ五階の化学プラント部で、元気のいい若者がいると思っていた。よく船舶海洋部の石川昇や黒井真二に、金魚の糞みたいにくっついて遊び回っていただろう?」

「佐々室長、覚えていただいていたとは感激です、ありがとうございます」

槇山は、佐々の親しみ溢れた応対にすっかり緊張が解けて、今までの経緯と転職を考えている意向を率直に話した。

「そうか、君もいよいよ考え始めているのか。この準定年退職制度は始まったばかりだけれど、まさに君のように持てる力を発揮できずにいる人を会社として支援していくものだ。三星商事も人材が豊富ではあるけれど、サラリーマン社会で皆が報われるわけではない。優秀な人材がまだ市場価値のある年齢で転職して活躍してもらうことを願っている」

おだてられてすっかり嬉しくなった槇山は、佐々から準定制度の概要を詳しく聞いた。

「僕はこの制度を対象者個人の立場を尊重して、柔軟に運用していこうと思っている。例えば制度上は五〇歳からの適用だが、君のように現在四八歳でも五〇歳までは在籍休職扱いにして、転職のチャンスを失わせないようにさせたい。ともかく退職割増金が出るし、退職後も六〇歳までは年間五〇〇万円が支給されるのだから、外界でも活躍できる社員にとってはもってこいの制度だと思う」

「それにしてはこの制度を利用する社員がまだほとんどいないと聞いていますが」

「この制度は始まったばかりで、まだ周知されていないということと、やはり外の世界に踏み出すには勇気がいるし、三星商事に定年まで在籍した方が楽だからね。槇山君と同じ一九六九年入社組は、まだ四八歳か四九歳だから、今のところ相談に来たのは一人だけだよ」

「そうですね、いざ転職と言っても三星商事ブランドが役に立つわけではありませんものね。ところで佐々室長、五〇歳で準定退職して六〇歳までの年間五〇〇〇万円の支給を会社側は確約してくれるのでしょうか？　三星商事といえども将来どうなるかわかりませんし」

「槇山君、それを言ってはおしまいだ。三星商事だからこそ運用できる制度で、もっと会社を信じなさい」

その言葉に、「あんたの会社を信じなさい！　とは植木等の歌ではあるまいし……」と内心で苦笑した槇山だったが、佐々のにこやかな笑顔をみながら、もう転職に成功したかのような気持ちになり、つくづく三星商事の懐の深さに感嘆しながら佐々のもとをあとにしたのだった。

槇山は転職エージェントを調べるなど準備を始めたものの、果たして三星商事を離れてやっていけるのか、今一つ自信が持てなかった。そこで入社時に船舶海洋部でインストラクターであった石川昇を訪ねることにした。石川はつい最近、準定退職制度を利用して、五六歳で独立し、船舶関連ブローカー、エイタック社を設立して新橋に事務所を構えていた。いつも槇山のことを気にかけ機会あるごとに声をかけてくれていたが、エムビックス撤収作業で、ここ一年はすっかりご無沙汰していた。

「槇山はまだ四八歳だから、五六歳で三星商事を辞めた僕とは少し立場が違うけれど、この準定制度は利用しなければ勿体ない。三星商事で勤め上げるのも人生だけれど、自己実現ができそうにないと判断したらリスクを冒してもチャレンジする、これが悔いのない判断ではないだろうか。君自身が、いわば名門船舶海洋部を捨てて、イタリア研修生に応募した当時のチャレンジ精神を思い起こしたらいい。このまま船舶海洋部に留まった方がいいと忠告する上司もいた中で、敢えて自分の意志を貫いたわけだ。その後の会社人生の結果よりも、君はチャレンジしなかったことをいつまでも後悔するタイプだ、迷うことはない。一つ忠告するとすれば、何事にもストレートな君の言動は、それはそれで個性的でいいのだけれど、外の世界ではまず三ヶ月は猫を被って人格円満に見せることだね、そのうちに周囲は君のペースに次第に慣れていくはずだ」

石川の励ましの言葉の一つ一つが槇山の胸を熱くした。夕刻になると、石川は、槇山の船舶海洋部時代の遊び仲間、黒井真二と佐藤弘之を呼び寄せ、うち揃って夜の赤坂へと繰り出した。

一〇月に入り、欧州エムビックス販社への出向者が次々と帰ってきた。パリから大村和昭、ミラノから白須浩一郎、ロンドンから高松民平、ハンブルクからは村北吉孝が帰国した。高松がエレクトロニクス機器部に戻り、その他の者は通信ネットワーク事業関連投資先に出向することとなった。エレクトロニクス機器部ではエムビックス事業に携わっていた女子社員数名は退社し、残りは年末にかけて他部へと移ることが決まった。

一〇月一一日に、槇山は後藤電子事業本部長付に、槇山の片腕としてこの半年間行動をともにした和光久志はIT産業グループ企画部に移ることが発表された。

エムビックス・UK社長で元情報機器部長の伊能和彦は、帰国して南東京ケーブルテレビ（株）社長に就任し、竹下正明も部長退任後しばらくして、ディスクテック（株）社長に就いた。槇山は、二人の情報機器部長経験者が、小規模ながらも三星商事関連会社の社長に納まったのを見て、IT産業グループも少しは心ある配慮をするものだと感じた。槇山自身は本部長付と閑職に移るが、転職することを心に決めていたのでさほど羨む気持ちは湧かなかった。

人事異動の発表を受けて、槇山はコナタ社へ挨拶に行くことにした。かつて三星商事とのエムビックス合弁事業を推進し、槇山をエムビックス・UK社長に送り込んだコナタ元常務、落下敏和はコナタメディカルの社長になっていた。元社長で現在は相談役の川中信夫、そして前社長で現在は会長の井田恵一を訪ねた。井田は一週間後に改めて銀座菊政に席を設けて槇山を慰労してくれた。互いに立場は微妙だったが、和やかな大人の会話に終始し、井田は槇山が淡々と述べる撤収の経緯に静かに耳を傾けていた。

槇山は、米村社長に挨拶に赴く気持ちにはどうしてもなれなかった。

後藤電子事業本部長付となった槇山には、本部長室横の三方が壁と隔壁に囲まれた長方形のスペースに席が与えられた。横には本部長秘書の川井容子が座っている。かつて商社冬の時代と言われた一九八〇年代には、第一線から外れた働き盛りの社員が「窓際族」として窓を背にして並んでいた。当時は、会社側はそれなりに心遣いをして、暇を持て余す彼らが新聞を読めるし昼寝もできるようにと、日当たりのいい席を窓際に用意したものだが、今や会社側にその余裕はなくなっていた。閉鎖的空間にある槇山の席はすこぶる居心地が悪い。横で秘書の川井が、本部長への来訪や電話の取次ぎで四六時中動き回る環境では、落ち着いて読書もできず、おまけにこの三方囲まれた空間は午後になると空気が淀んでくる。槇山は、改めて業務から外れたぶらさがり社員の悲哀を味わった。午前中はコンピュータ事業計画のファイルをパラパラと開きながら時間を費やし、昼近くになると外出する。社員食堂で昨日までの同僚や部下と出会うことを避けたくなるもので、一人で昼食をとるべく丸ノ内から八重洲にぬける。午後は、八重洲ブックセンターに立ち寄り転職関連の書籍を物色し、喫茶店で長居して時間をつぶす。いつの間にかそれが日課となってしまった。

一一月一日の夕刻にエレクトロニクス機器部内で槙山と和光の歓送会が開かれ、槙山は挨拶に立った。

「未だエムビックス事業に従事している社員も残っているなかで、私が一足先に異動することを大変心苦しく思っています。どうか撤収作業を完遂していただくよう宜しくお願いします。今年の三月に情報機器部の解散式を行った際には、新エレクトロニクス機器部でも皆で頑張ろうと言ってきたのに、時代の流れでコナタ取引から撤収する結果となりました。客観的に見れば、ほかに途がなかったとは思うものの、先輩から引き継いできた事業を自ら撤収することになったことは、誠に残念です。撤収作業に関しては、関係者が一致団結して円滑に行うことができ満足していますが、個人的には大変つらい日々でした。西浦本部長からも散々叩かれましたので……これ冗談ですが」

槙山はここでスピーチを区切って、笑いながら同席している西浦を見遣ったが、彼は素知らぬ顔で何も反応を示さなかった。その後槙山はエムビックス事業を立ち上げた吉水徹や涌井忠正など数名の名前をあげ、感謝の意を表してスピーチを終えた。

槙山は若手社員に囲まれて、五月に部内有志と軽井沢マラソン大会に参加した思い出話に花を咲かせていたが、ちょうどその時に、西浦、富田、立岡、井藤の四名が示し合わせて出ていくのを横目でとらえた。彼らはいつものように麻雀に行くのだろうと白けた気持ちで見遣った。歓送会は一時間足らずで終わった。

槙山は、事務所をあとにする前に妻の直子に電話した。

「もしもし、俺だけど。今日は夕飯を食べないと言ったけれど、歓送会が意外と早く終わったんだ。いつもなら二次会に行くのだけれど、その盛り上がりもなくてね。今から帰っても何か食べるものあるかな？」

「二次会なしなんて珍しいわね。私もなぜかそんな予感がしたのよ。先日取り寄せた米沢牛を今から解凍しておくので、すき焼きにしましょう。桂も遥も今日は部活がないので、もう帰っているけれど待たせるわ。久しぶりに一家団欒といきましょう！」

「ありがとう、七時頃になるかな」

寂しい気持ちがすっかり晴れた槇山は家路を急いだ。

第一五章　偲ぶ会

二〇一八年六月一〇日夜、涌井忠正の妻、恭子夫人から槇山に電話があった。涌井が六月二日に死去したという。慶応病院に三日ほど入院し、翌日退院できると言われていたのに、急に心不全で亡くなったとのこと。通夜と葬儀は身内だけで行ったと報告を受けた。享年八二歳。

涌井は一九九三年に三星商事を退社し、その後はセブンオックス社に移り一九九九年まで働いていた。槇山とは資材本部ＯＢ会、光機資材部時代の同僚との歓送迎会、忘年会などで一緒になり、いつも涌井、槇山を中心に、ほか数人と二次会に繰り出すのが常であった。毎年春には大島伸二、和光久志、柳本篤史などと、涌井のメンバーコース姉ケ崎カントリー倶楽部に繰り出しゴルフを楽しんだ。その道すがら総武快速の車中で大いに語らい、皆が涌井に仕事の悩みを相談することも間々あった。

涌井は二〇〇九年秋に体調を崩して入院、すぐに退院したものの翌年の夏になって大腸の潰瘍で再度入院した。槇山は恭子夫人を通じて、再三見舞いに行きたいと申し入れたが、なかなか受け入れられず、漸く二〇一〇年一〇月に、大島伸二を伴って順天堂病院に涌井を見舞った。涌井は思っていたほどにはやつれが目立たず、槇山と大島の訪問にいたく恐縮していた。翌週には退院するとのことで、大柄な看護師に抱えられての歩行訓練で「どちらの足から踏み出せばいいのだろう?」と質問する姿は、まさに理屈通り進めようとする涌井の姿そのもので、槇山はつい微笑してしまった。

しかし涌井はその後家に引きこもり、公の場に姿を見せることは全くなくなってしまった。自分のやつれた姿を見せたくないという美意識なのか。槇山は半年に一度は涌井に電話してまず恭子夫人と話し、その後涌井を呼び出してもらうのだが、いつも面倒臭そうな声で応じるのだった。それでも槇山が三星商事OBの近況などを話すと、涌井は相変わらずシャープな頭で、槇山の記憶違いを訂正するのである。

「先日、例年通りパレスホテルで全社OB会が開催され、一〇〇〇名以上集まったでしょうか。仲間を捜すのに大変でしたよ」

「そうですか」と気のない返事が返ってくる。

「かつて窯業資材部長の中田義雄さんが、OBを代表して挨拶をしていました。あの方は九〇歳くらいですかね」

「君の言う中田さんは、義雄ではなく不二雄ですよ。三星商事合併前の五〇年の入社だから既に九五歳は超えているはずだ」

会話の途中で、槇山が一度は必ず「お見舞いに伺いたいのですが」と尋ねるが、涌井は急にはっきりとした口調で「それだけはやめてほしい」と答える。そして最後には電話をくれた槇山への感謝の言葉は忘れなかった。


槇山はかねてよりエムビックス事業・OA機器事業に携わった三星商事社員の同窓会を立ち上げたいと構想し、柳本篤史、竹森健二、杉谷理香子の協力を得て、その基本となるOB名簿を作成していた。上は九〇歳の高垣守から、下は四九歳で未だ三星商事現役の二池正則まで、総勢七二名の住所、電話、メルアド記載の名簿が漸く出来上がった。過去にも一〇名前後OB会を催していたが、今回はこの名簿をもとに、大規模な涌井を偲ぶ会を開催することにした。

二〇一八年七月一〇日、中華料理店『神田天府』で開かれた偲ぶ会には二五名が参集した。OB会常連の大島伸二、内垣誠、和光久志、立岡一太郎、柳本篤史、若手の友秋圭一、大村和昭、竹森健二、久しぶりに中東影夫、吉原公一、萩本茂雄も現れ、二〇年ぶりに会田哲央、佐々岡恭一も姿を見せた。女性陣はこの日のためにエステにでも行ってきたのか、還暦前後ながら肌をピカピカさせてやってきた。キュートな姉御肌、鳥飼由美を始め、平野輝美、和田美沙子、金井真由、鶴田智恵子、杉谷理香子、安本朝子、原田香の、往時のエムビックス事業・ＯＡ機器事業を支えてきた女子軍団である。

偲ぶ会の冒頭で、故涌井忠正に黙禱を捧げたあとに、槇山は、あらかじめ用意しておいた『エムビックス事業とＯＡ機器取引の変遷』と題した資料を出席者に配付し、改めてその歴史を述べた。どのようにして資材本部の主要取引として発展し、どのように終焉していったのかを年表をもとに説明したのである。若い世代にはエムビックス欧州販社設立の苦闘の歴史を初めて聞く者もおり、また多くの者が改めて撤収への経緯を知ることになり、出席者全員が興味深そうに耳を傾けていた。槇山は、エムビックスとＯＡ機器事業の歴史の流れの中で、涌井が中核的存在であったこと、常に背筋をピンと伸ばして皆に接し、権謀術策を忌み嫌い、上司には厳しいが部下には寛大で、自分の後ろ姿で範を示していた、と熱っぽく語った。

槇山の長い話が終わるや否や、あちらこちらで歓談が始まった。隣席の鳥飼由美が槇山に話しかけた。

「槇山さん、このような会を催していただいて本当にありがとうございます。私も僅か六年間ですが、この事業に皆さんとともに携わったことを誇りに思います」

「涌井さんがハンブルクから光機資材部に戻ってきた時が、エムビックス事業の隆盛期だったね。多数の新卒が入ってきたけれど、由美ちゃんはよく新入社員の柳本篤史と膝をつきあわせて船積業務を教えていたな。でも柳本は上の空で、君の膝元とか胸元ばかり見ていたよ」

「そんなことありませんよ！　でも鳥飼さんはえらく薄着だったので目のやり場に困ったんです」と向かいに座る柳本があわてて反論した。

「私は涌井さんのもとで働いていた時代が一番懐かしい！」と和田美沙子が叫んだ。

「そう言えば美沙子君は、涌井さんが再び欧州チームリーダーを兼務した時には横にべったりと座っていたね」と槇山が混ぜっ返す。

「失礼なこと言わないでください、涌井さんがお仕事を存分にできるように横でお支えしていたのですよ」

「涌井さんは女性には甘く怒った試しがない。女性が好きだったのだと思う。かつて部内忘年会で酒豪の女性三名が涌井さんの横にへばりついて、涌井さんを酔いつぶしたことがあったのを憶えているでしょう。女性の勧めを断れないのも涌井さんの性格だよ」と槇山が言う。

「そうそう、よく憶えています。さすがに槇山さんも辟易して、これ以上涌井さんには付き合えないと二次会を逃げましたね」と大村和昭が口を挟む。

「今でも鮮明に思い出すよ。逃げようとする僕を涌井さんが坂の上から『槇山！　逃げるのか！』と怒鳴ってね。あとにも先にも涌井さんから名前を呼び捨てにされたのは、あれが初めてだった」

「涌井さんは仕事を離れると、酒好きで面倒見が良く、その人柄に惚れて皆が集まりましたね。赤坂のパブに涌井さんと繰り出したら、ハイボールを運んできたのがアルバイトで勤務していた涌井さんの息子だったりして……」と和光久志が昔を懐かしむ。

最初は三つの丸テーブルに分かれて座った二五名はいつの間にか、あちらこちらと乱れて語り合っていた。

二〇一八年一〇月一〇日、槇山純平、大島伸二、川重毅、和光久志の四名は、埼玉県の

所沢聖地霊園に眠る涌井忠正の墓を訪れた。武蔵野の緑豊かな環境に恵まれた広大な墓地で、涌井の墓は新しい区画の一隅にあった。真新しい黒の御影石の輝きが眩しかった。涌井の性格を表すように左上に花模様、右下に横文字で『涌井』と彫られたシンプルながら洒落た墓石である。裏には『慈善院忠徳寛道居士』と書かれていた。

槇山は手を合わせ黙禱しながら、なぜか涌井とハンブルクのオペラハウスで観劇した「魔笛」を想い出していた。一九七七年三月にミラノに赴任した槇山は、時を置かずしてハンブルクのエムビックス・インター社長涌井忠正のもとに挨拶に行った。その晩に涌井が観劇に連れていってくれたのがモーツアルトの「魔笛」である。オペラに疎い槇山は、途中で善玉と悪玉が入れ替わる筋書きについていけなかったが、『夜の女王のアリア』を高い音域で激しく歌うソプラノには驚嘆するばかりだった。観劇後に涌井に訊ねた。

「涌井さん、オペラとは歌を鑑賞するのではなくドラマを観劇するものなのですね、それにしても筋は何がなんだか全くわかりませんでした」

「魔笛は特別難解なストーリーで僕でもついていけない。夜の女王のアリアを憶えておけばいい。槇山君もヨーロッパに来たのだから演歌ではなくオペラですよ」

それを契機に槇山はミラノ駐在中に、時折スカラ座に足を運ぶようになったのである。

横で黙禱する大島、川重、和光は何を思い出しているのだろうか。

第一六章　蓼科の夏

二〇一九年八月、槇山純平、大島伸二、川重毅、和光久志の四名は、例年通り槇山の山荘にやってきた。世田谷の槇山の自宅に三々五々集合して、槇山の運転で蓼科に赴く。翌日、翌々日とゴルフ、地酒、カラオケを楽しむ二泊三日の旅である。槇山が山荘を建てた一九九三年から二七年間続いている恒例の夏のイベントだ。槇山七三歳、大島七一歳、川重六九歳、和光六八歳、もうゴルフの腕を競うというより、お互いに健康で仲間と濃密な時を過ごせる幸せを実感する合宿である。

この二七年のあいだに、四名の人生はそれぞれに変化があった。

和光久志だけは三星商事を六〇歳の定年まで勤めあげている。イタリア三星商事勤務時代を含め、エムビックス事業の発展から撤収まで長年携わった。一九九四年にエレクトロニクス機器部からIT産業企画部に移ってからは、魑魅魍魎のような上司たちに翻弄され、その後中国情報ネットワーク（株）に出向して広島に赴任するなど苦労した。それがある日、三星商事の社員情報検索システムでピックアップされて、業務部輸出管理リーダーに就任したことが大きな転換点となった。以降、その道のスペシャリストとなり、安全保障貿易管理セミナーの講師として国内外を駆け巡る日々を過ごした。その活躍ぶりが日経新聞でも取りあげられ社内外で名を馳せた。今は財団法人安全保障貿易統括センターの理事として、輸出貿易管理の第一人者として活躍する。

和光は昔から商社マンとしての貪欲さと迫力に欠けるが、地道に積み上げて実績を挙げるタイプである。その人柄の良さと落ち着いた振る舞いが醸し出す貴公子的雰囲気から、女子社員には大人気で、それをひがんで和光につらくあたる上司がいたほどだ。ＩＴ産業グループでは恵まれなかった和光だが、さすがは三星商事で、社員情報検索システムで和光を引っ張り出し、再び彼に活躍の場を与えたのである。

川重毅は一九七〇年代に、吉水複写事業課長のもとで、槇山、斉木とともにエムビックス事業の勃興期に携わった。その後エムビックス・インター社に赴任し、その実力を一気に開花させた。入社当時は『広島の山猿』とか『邪魔重』と揶揄されたが、エムビックス・インター社六階建てビルの中を駆け巡って、三星商事とコナタ社からの出向社員の連携と、邦人・ドイツ人の融和に努めた。当時、螺旋階段を使って走り回る川重は『スピーディゴンザレス川重』と呼ばれ、皆から慕われた。川重の潜在能力を見抜いてハンブルクに赴任させた涌井忠正の炯眼というべきだろう。

その後大鋼電機製カラープリンター事業に従事しニューヨークに赴任するが、苦労の連続で一九九四年には三星商事が事業から撤収する。

五二歳で早期退職をしてサーバーキャビネット製造・販売の外資、シュロス・ジャパン（株）に販売本部長として転職する。毎年蓼科に向かう車中で、川重の愚痴と社内エピソードを、皆で楽しく聞くのが恒例だった。地道に成果を挙げることで米国本社の信任を得て、五年後に社長に就任。六四歳で退任して、今は広島の実家で農業を営み、横浜の自宅との二重生活をしている。川重は槇山のような上から目線の横柄な態度もなく、その愛すべきキャラクターで皆から慕われた。プリンター事業撤収時の担当役員駒村巌、通称ハゲ駒とも最近まで親交を続けていた。

大島伸二は国内販社スターオフィス社への出向によって、エムビックス事業と直接関わることになった。三星商事での後半は写真感材とタバコ関連の業務が長く、ジャカルタ、台北に駐在した。五七歳で早期退職して転職した会社が、とんでもないパワハラセクハラの会社とわかり、そこを一日でやめてしまう。

その後三星商事ライフデザイン室から、金融端末機などのメカトロ機器メーカー、(株)新晃製作所の輸出責任者のポストを紹介された。この新晃製作所は、偶然にもかつて槇山が勤務していた(株)ダイヤ電研の子会社であり、大島から相談を受けた槇山は入社を勧めるとともに、新晃製作所広野浩一社長に大島を採用するように進言した。

大島は常に他人を気遣う優しい男である。責任感が強く、自分を責めがちなところがあるが、与えられたポジションで業務を地道にこなしてきた。槇山はダイヤ電研勤務時代に、新晃製作所の仲盛美香輸出部長と接点があり、その人柄を知っていたので、大島が彼女の下でうまくやっていけると確信していた。大島は六五歳の定年まで充実した会社生活を送ったことを見ると、新晃製作所の水が合っていたのだろう。

槇山も転職後は大島とますます頻繁に会う機会が増え、お互いに悩みを語り合い、支え合ってきた。

さて、槇山純平は一九九四年一一月にエレクトロニクス機器部を離れ、電子事業本部長付となったが、毎日何もすることがない。同期入社の友人たちが部長に昇進する時期で、槇山は取り残された寂しさを感じながらも、すでに三星商事を去ると決意していたことで割り切って転職活動に力を入れた。まずは社内パソコン講習に通うかたわら、情報を集めて外資系企業への転職を目指し、多くの人材会社へ売り込みに出かけた。当時は珍しかった個人向け再就職支援アウトプレースメント会社、（株）ビッグエカに八〇万円も払って登録し、履歴書の書き方、面接の受け方、自己分析などの教育を受けた。

その間、ＩＴ産業グループの柏原常務肝いりのプロジェクトのために、（株）難波有線に出向した。同社は全国に延べ一六万kmにわたる同軸ケーブル網を敷いて、オフィス、ホテル、カラオケ店への有線放送を行う隠れた巨大企業であった。柏原常務はこのケーブル網を将来光ファイバー網に置き換えていけば、全国に情報ネットワーク網を持つことになると考え、システムエンジニアリング会社ＤＳＫと組んで同社への資本参加、もしくは提携することを目論んだ。細川護熙の日本新党立ち上げに馳せ参じたという変わった経歴をもつ坂博をヘッドに、計七名でプロジェクトチームが構成され、まずは難波有線が他人の電柱に勝手に取り付けたケーブル網の事後承諾を得るために、郵政省、ＮＴＴ、東京電力と交渉を開始する。しかし一年も経たずして三星商事の全社基本問題委員会で取り上げられ問題視されてしまう。難波有線には、ケーブル網の無許可設置や闇の部分があり、スリースターブランドが付き合うには相応しくないので手を引けと、勧告されてしまった。まさに三星商事の守りの姿勢を示す典型的な一件であったが、槇山にとっては、今まで身を置いたことのない企業カルチャーを経験したことが、その後の人生で大いに役にたつことになった。

一九九六年六月、ようやくレジャー設備機器メーカー、(株)ダイヤ電研への転職を果たした。槇山純平、満五〇歳を迎える一ヶ月前である。

槇山はもともと欧米外資系企業の経営に携わることを目指して転職活動を続けていたが、どうもうまくいかない。そこでかつて三星商事の人事部次長で今は人材コンサルタントの持木敏広を訪ねた。持木とは旧知の仲で、履歴書を持参して彼のアドバイスを求めに行ったのである。二日後に持木から呼び出された。

「槇山君の人となりと考え方を昔から見てきたけれど、むしろ君は国内企業向きだ。僕の知っている企業で経営企画室長を求めているので、一度訪問してみない?」

あとから考えれば、持木のクライアントであるダイヤ電研を上手に紹介され、乗せられて転職が決まったのだが、結果的に自分に相応しい転職先であったことは誠に幸運であった。

ダイヤ電研は一九六五年に東京上野で創業し、遊技場向けに管理コンピュータ、研磨機、台間玉貸機などを開発し、全国に支店、グループ企業を抱えて売上高四〇〇億円、従業員二五〇名にまでに成長した。また一九九三年に米国ネバダ州立大学ラスベガス校と提携し、アミューズメントビジネス専門の学部を開講、日本でもダイヤ総合研究所を開設した。当時三九歳の二代目オーナー社長、寺本高俊は、ダイヤ電研グループの組織再編と多角的発展をはかるべく、幹部社員としてはハンダ、サニー、ＥＢＭ、三星重工などから次々と転職者を採用した。皆五〇歳前後の働き盛りで、それぞれ営業企画部長、開発部長、物流部長、情報システム部長に就任した。槇山も、その一人として経営企画室長に就いたのである。

大手企業からの転職者は、概して口は達者だが手足は動かず、パソコンも使えない者もいる。さらには前職での習慣が忘れられず「この会社はタクシー券がないの？」「当部の接待費枠はいくら？」などと言う者もいて、ダイヤ電研生え抜きの専務、中柳清に「皆さんは、今や中小企業で働いているのですよ。大手企業での甘い生活は早く忘れてください！」と折に触れて注意されていた。

槇山は、セミナーなどで学んだ大手企業から中小企業に転職する際の心構えを忘れずに振る舞い、次第に寺本社長と中柳専務の信任を得ていく。三星商事の悪いところ、たとえば官僚主義、ゴマすり、社内接待などを反面教師として肝に銘じ、自分の言動に気をつけていた。また三星商事入社時のインストラクター石川昇の「すくなくとも三ヶ月は猫をかぶって人格円満に見せる」という助言を毎朝の通勤電車の中で思い起こした。

寺本社長も、当初は槇山を典型的三星商事タイプとして距離を置いていた節があったが、ある日を境にして、槇山を人懐っこい面白い男だと思ってくれたようだ。

その日は寺本が取引銀行を招いて赤坂で会食し、槇山も中柳とともに同席した。二次会のクラブで、カラオケが今一つ盛り上がらないのを見て、槇山はやおら立ち上がり、ピンキーとキラーズの「恋の季節」を身振り手振りよろしく歌った。槇山の学生時代からの十八番《おはこ》である。不思議と恥ずかしい気持ちは湧かず、久しぶりに歌い切った満足感を味わった。不思議なものでそれ以来、寺本は槇山との距離を縮めてきた。

猫をかぶる期間が無事に過ぎた槇山は、寺本社長と中柳専務の信任を得たと確信したのちは自由闊達に動き回り、ダイヤ電研の長年の懸案事項に取り組んだ。北海道から九州にまで広がるグループ八社の再編成と統合である。新しい体制に向けて、槇山は全国を飛び回った。再編と統合がオーナー社長寺本の方針である以上、グループ会社社長や幹部社員も、自分の将来のポジションに不安を抱きながらも槇山に協力的で無事に統合を果たした。

一方で二年も経たぬうちに大手企業からの転職者の多くがダイヤ電研を去っていった。

三年を過ぎ取締役に昇進して経営の中枢で働いていた槇山に、かつて転職活動中に世話になったビッグエカ梅森社長から突然電話が入った。知り合いのヘッドハンター、パーソン社の中本社長が、欧州市場では有名な文房具・事務用品販売会社、仏国ＬＯＣＯ社の日本法人立ち上げ責任者を探しているとのこと。一度は諦めていた外資系企業のトップになる夢が目前に現れ、槇山は驚いた、そして迷った。グループ統合に際して、槇山が希望退職者を募り人員整理の指揮をしてきたこともあり、役員としてダイヤ電研に居続けることに忸怩たる思いを抱いていた。また前年にかけがえのない友人、広田興忠を失った空虚感から、何か新しいことにチャレンジして、気を紛らわせたいという気持ちが強くなっていた時期でもあった。

広田興忠は一九九三年末に赴任先のフランクフルトから帰国後、いったん日本産業銀行本店に戻り、その後産銀証券常務として活躍していたが、一九九七年に日本道路公団の外債発行を巡る贈収賄事件に巻き込まれ、東京地検から聴取を受けた。広田は、地検の聴取があった日の晩は、いつも槇山を呼び出し、酒をくみかわしながら憂さを晴らしていた。時を置かずして大蔵省接待汚職事件、いわゆるノーパンしゃぶしゃぶ事件が起きると、東京地検はもっぱらそちらにかかりきりとなり、広田にはなんのお咎めもなく聴取は終了した。しかしそのストレスが災いしたのか、まもなく脳腫瘍を発症し、一九九八年四月に五一歳の若さであっけなく逝ってしまったのである。

槇山は迷いに迷ったが、いつでも戻ってこいと言ってくれたダイヤ電研寺本社長の温かいエールを背に、再び転職に踏み切った。

一九九九年一〇月、槇山は仏国ＬＯＣＯ社に入社して一ヶ月間の欧州販社での研修を終えて帰国し、直ちに日本法人立ち上げに奔走した。事務所探しと人材採用は、過去の転職活動を通じてお手の物だ。神谷町に事務所を決め、マーケッティングマネジャーに理知的でクールな四〇歳の女性を、秘書には清潔感溢れる三五歳の女性を採用することができて舞い上がっていた。二〇〇〇年二月に香港に赴き、ＬＯＣＯ本社のビジャール社長と今後の事業計画の打ち合わせを行った。しかし社員の給与レベルと販売方式に関して激論となった。後味の悪いまま帰国して五日後の深夜、家で寝ていた槇山は、階下でカタカタと鳴る小さな音で目が覚め、不審に思い居間に下りていった。そこに届いていたのは、解任を告げるビジャール社長からの一片のファックスだった。

ＬＯＣＯ社は、ベルギー国境近くのフランス北部の田舎町マルリーに本社を構え、フランスの田舎特有の封建的企業風土の会社である。アジアの香港、台湾、タイの現地社長は、ビジャール社長には『Ｙｅｓ、Ｓｉｒ』で受け答えしていたが、槇山は欧州人を部下に持ち仕事をしてきただけに、とてもそのまねはできなかった。それもあって二人の間柄は次第にギクシャクしていく。決定的な溝ができたのは、槇山がＬＯＣＯ社発展のビジネスモデルに疑問を投げかけたことにある。当時日本ではアスクル社が事務用品・文房具の注文・配送で急成長しており、槇山は、セールスマンが分厚い商品カタログを車に搭載して、顧客を戸別訪問するＬＯＣＯ社スタイルに批判的だった。槇山が、日本の道路状況から、車で戸別セールスすることの非効率を訴えれば訴えるほど、ビジャール社長は、自分の誇るべきビジネススタイルにケチをつけられたという思いが強くなっていったのであろう。槇山は舞い上がったあげく僅か五ヶ月で失職した。

その後は事務所契約のキャンセル、採用内定を決めた女性への謝罪、ＬＯＣＯ社への賠償請求など、失意の中でも後始末で多忙を極めた。三星商事からダイヤ電研に転職した際には温かく応援してくれた妻の直子も、槇山が五三歳にして無職となりイライラしている様子を見て、さすがに心配な様子であった。

そんな時に大学二年生になっていた次女の遥が、直接ビジャール社長宛てに直訴状を出すという行動にでた。父への解雇通告に憤り、日本法人立ち上げのため槇山が昼夜を分かたず奔走している姿を、娘の眼を通して詳細に書き綴ったのである。槇山はあとになって直子からこの事実を知らされ、改めて家族の理解と応援の大切さが身に染みた。槇山は給与三ヶ月分の補償金を不服として、解雇問題に強い後藤繁勝弁護士とともに交渉し、最終的には六ヶ月分で決着した。これも遥の手紙がビジャール社長の心に響き、功を奏したのであろう。

次の就職先に関しては、社員採用の際に起用した東京エクゼクティブセンターの高潔弘人が、親身になって心配してくれた。いろいろと外資系の候補先を紹介してくれて、トップ面接までは漕ぎつけるのだが、どうもうまくいかない。何事につけはっきりと物言う自分の性格が災いしているのでは、と槇山なりに分析してみたが、こればかりは直しようがない。高潔からは「やはり槇山さんは国内企業の方が向いているのではないでしょうか」

と、かつての持木と同じことを言われてしまった。やはり候補先があるからそのようなことを言うわけで、京都に本社がある（株）マルカンが社長室長を求めているとのこと。まずは二〇〇〇年五月にマルカン渋谷タワーで鈴井良和社長の面接を受けた。一週間後には京都本社で会長姜昌侑《カンチャンユウ》による面接を経てマルカンへの入社が決まった。槇山純平、五四歳になる一ヶ月前であった。

周囲では、槇山がマルカンに入社することに懸念を示し、思い留まるように忠告してくるものもいた。二八兆円という巨大な市場規模をもつパチンコ業界だが、偽造磁気カード、不正ゴト師集団、ギャンブル依存症、タバコと騒音など負のイメージが強い。ギャンブル性のある娯楽を提供する業種なので株式公開もままならない。

しかし槇山はＩＴ産業グループ在籍時に、三星商事がＮＴＴと組んでパチンコ業界向けプリペイドカード製造販売会社「日本カードシステム」を設立する経緯を傍から見ていたし、ダイヤ電研に転職してからも、同社の活動を通じてパチンコ業界の内情に詳しかった。業界ナンバー2であるマルカンの実力も知っていた。パチンコ市場二八兆円は全国一七〇〇〇店舗で構成されているが、企業数は四〇〇〇社に上り、大半は一—三店舗の個人企業である。その中でマルカンは、一九九三年からいち早く新卒を採用し、店内のバックグラウンドミュージックは軍艦マーチからジャズに切り替え、店舗スタッフの教育を徹底するなど、業界の改革をリードしていた。店舗運営をサービス業と位置づけ、顧客満足を追求する企業として躍進していた。槇山はそのようなマルカンの経営中枢に携われることに魅力を感じた。

マルカン創業者の姜昌侑は、一九三〇年に韓国慶尚南道の零細な小作農の次男として生まれた。一九四七年、一六歳の時に密航船で玄界灘を渡って下関に着いた。母が鞄の中にコンサイス英和辞典と二升のコメをいれてくれたとのこと。戦後直ちに外国人登録をしたので日本の市民権を取得することができた。苦学して法政大学を卒業したものの韓国籍では職に就けず、丹後峰山の義兄のもとでパチンコ店の経営を手伝っていた。一九五七年に株式会社マルカンを創業、名曲喫茶、洋食レストラン、ボウリング場運営へと着手し、関西方面を中心に事業を大きく伸ばしていった。

一九七〇年代に入ると、姜昌侑は日本国籍を取得し、全国へのボウリング場展開を目指して、まずは日本の中心に位置する静岡県に進出した。しかしボウリングブームの急落により巨額の借金を抱え倒産寸前にまで陥った。一時は自殺することも考えたが、周囲の温かい励ましもあって、心機一転新規事業に乗り出した。当時パチンコ店と言えば、繁華街の駅前型であったが、姜は車社会の到来を目のあたりにして、業界では初めて立体駐車場つき郊外型パチンコ店をオープンした。これが当たって神戸、静岡地区を中心として多店舗展開を行い、事業規模を拡大していった。加えてボウリング場、ゲームセンター、飲食店、映画館と、総合エンターテイメント企業として急成長していく。これから北海道から九州に至るまで全国展開をしていく中で、いかに家族経営から組織的運営に移行し、会社のガバナンスを維持していくかが課題であった。そこで京都本社に陣取る姜昌侑はCEO会長となり、静岡支社にいる義弟の鈴井良和を社長に、次男の姜悠《カンユウ》を営業本部長に就任させ、この二人を補佐する社長室長として槇山を採用したのである。

槇山は社長室長として静岡支社に赴任し、改革に取り組んだ。特に企業統治と法令順守の確立を軸にファミリー企業からの脱皮を目指した。

槇山が姜昌侑の信任を得る契機となったのは、二〇〇二年一〇月に東京八重洲のオーシャンセンチュリービルに本社を開設し、京都と静岡から社員の大移動をやり遂げたことである。首都に経営の中枢をおくことで人・物・金・情報を効率的に集めることができるようになり、東京駅も五分という至近距離とあって、マルカンの全国展開に拍車がかかった。

入社面接時から槇山は鈴井社長とは東京への本社移転の必要性に関して合意していた。姜会長が京都で、鈴井社長と姜悠営業本部長が静岡で指揮する体制では、急拡大する企業体をコントロールできるはずもなく、早急に東京移転を実行する必要があると考えていた。しかしマルカンは京都、静岡に五階建ての自社ビルをもち、経営幹部のみならず一般社員は、そこに生活圏があるので、理屈では理解しても、なかなか賛同はしなかった。鈴井社長と槇山は毎週のように京都本社に足を運び姜会長の説得にあたった。二〇〇一年秋に漸く姜会長は東京、京都二本社体制を敷くことに同意した。実際には経営中枢機能は東京に集中する方針が決定されたのである。マルカンは、その年に『二〇〇五年売上一兆円、パチンコ二〇〇店舗達成』との中期経営計画を策定していた。これは四五年の歳月をかけて達成した一〇〇店舗をわずか四年で倍にする壮大な計画で、この実現のためには、たとえ社員たちに転勤など苦労をかけても、東京の中心に本社を開設することが必要だと、姜会長が決断した。

オーナー企業だけに決定が出ると、一挙に巨艦が動き出した感があった。槇山は直ちにプロジェクトチームを編成し動き出す。旧知の国内エムビックス販社、スターオフィス社が事務所設営事業にも乗り出していたので、コンサルタント契約を結び、神田の同社を東京出張時の拠点として利用した。槇山は丸ノ内、八重洲、品川、溜池、新宿とオフィス物件を見て回り、さらに鈴井社長と一緒に再訪しては物件を絞り込んでいった。マルカンは、狭い土地に縦長の自社ビルを建てたことで、各フロアに部局が分かれ、役員個室は扉で閉ざされ、まことに閉鎖的である。新しい東京本社では、役員も含め全従業員がワンフロアのオープンスペースで勤務ができ、自由にコミュニケーションが取れることを目指した。また将来のマルカンにふさわしいステータスビルを選び、ビジネス街に位置して新幹線や羽田空港へのアクセスが便利であることも必須であった。

槇山は姜会長とともに、最終候補の一つ、新宿西口のハイランドタワー三七階を訪れた時に交わした会話を今でも忘れられない。この物件は、七〇〇坪のワンフロアで四方に視界が開け、オープンな雰囲気に満ちていた。加えて外食産業の雄、モクドナルドの本社が同ビルにあることでイメージも良かった。

姜会長はフロアを一通り見学したあとに再度北側窓際におもむき、しばし無言でじっと遠方を眺めている。槇山は不審に思い、姜の横に寄り添い一緒に外を眺めてみた。遥かかなたには山手線沿いに北は大久保、高田馬場、北東には戸山、早稲田の街並みが広がっていた。姜は北方を指で指しながら、傍らの槇山に独り言のように語った。

「五〇年も昔の学生時代に、あそこに見える大久保に住んでいたことがあったんだ。ともかく金がなくてね、真冬の夜は新聞紙を衣服の中に入れて寒さをしのいだこともあったなあ」

槇山は、いつもの帝王のような立ち振る舞いとは異なり人間味溢れる柔和な姜の様子に戸惑い、とっさに言葉が出てこなかった。

「それから東側の戸山方面に国立東京第一病院が見えるだろう、あそこに僕は入院していた」

槇山が初めて聞く話である。

「本当ですか！　少しも存じ上げませんでした」

「大学二年の時に、栄養失調もあって結核にかかり一年近く入院していた。生活保護を適用してもらって治療費は全額免除だったけれど、当時登場した新薬ストレプトマイシンの実験台にされたわけだ。隣の病室に有名な映画監督、内田吐夢がいて可愛がってくれてね。退院後も時々、早稲田の学生と一緒に自宅に呼ばれて夕食を御馳走になったりして……本当に嬉しかった。槇山君は内田吐夢を知っているかな？」

「もちろんですよ！　我々にとっては前世代の大監督ですが、私も『飢餓海峡』を観て感激しました」

槇山は、姜が遥か下界を眺めながら、貧困と病気に苦闘した学生時代を淡々と語る姿に胸が熱くなった。いつも姜が口癖にしている「負けてたまるか！」という気概とハングリー精神は、このようなドラマティックな経験で培われたのかと、改めて姜の横顔に見入っていた。

すると姜は槇山に顔を向け、微笑みを浮かべながら言った、

「槇山君、この物件は、先ほど見学した八重洲のオーシャンセンチュリービルと比べても甲乙つけ難い。しかし候補からはずそう。外に広がる景色を眺めて、過去を思い出すのは勘弁してほしいからね」

槇山は東京への本社移転プロジェクトを率いると同時に、組織作りと人材確保にとりかかった。経営幹部に星印食品、モクドナルド、ダイユーなどからの転職者を採用して経営企画室、広報室、購買部、情報システム部を新設して本社機能を構築した。全国店舗から

も優秀な若手社員を各部局に登用した。槇山は、このようなミッションにやりがいを感じて入社を決めただけに、槇山独特のストレートな姿勢を遠慮なく前面に出して社内改革を押し進めた。従来からの役員、幹部社員には守旧派も多く、横山は幾度となく爆発して彼らと衝突したが、組織運営のお手本である三星商事と、オーナー企業の濃縮版ダイヤ電研での経験が大いにものを言った。

槇山が入社した二〇〇〇年当時は、売上高三〇〇〇億円、経常一二〇億円の企業規模が、槇山が退社した二〇一七年には売上高は二兆円を超え、経常利益六〇〇億円、パチンコ店舗、飲食店を含め三五〇店舗を超え、パートを含めた従業員は一二〇〇〇名までになった。不動の業界ナンバーワンとして君臨するようになったのである。この間、人材派遣業、マカオカジノ事業、浅草劇場プロジェクトなど新規事業を次々と手掛けては失敗したものの、カンボジア、ミャンマーでの銀行業展開と、ゴルフ場大洋クラブの買収に成功して今に至っている。

槇山は、思うところをストレートに出し、ワンマン会長の姜の方針に異議を唱えることもあったので、担当から外されたり、取締役会で罵倒されたりもした。しかしお互いに激しい性格ながら波長があったのか、二〇一七年までの一七年間をマルカンで勤めあげたことは槇山自身驚くべきことであった。

もっとも、最後の三年ほどは常務取締役として経営の中枢にはいたものの、大事な局面で、姜が槇山に意見を求めることが少なくなり、寂しい気持ちを味わうことが多かった。姜会長は八五歳を過ぎても、独裁体制は変えようとしなかった。国内外の多方面からマルカンへ投資案件とか買収案件で、いわゆる『うまい話』が持ち込まれ、そのたびに姜は興味を示す。リスクを張ってビジネスを作り上げてきた起業家とはそういうものだろう。しかし、姜はかつてのように周囲の意見に耳を傾けて冷静に判断することができなくなってきた。他の役員は姜に遠慮して発言するが、槇山は率直に自分の意見を述べる。このような繰り返しで、姜も槇山を煩わしく思い始め、重要案件の決定から外すようになったのである。また姜は最近の一〇年間で、四名の息子たちを社長、副社長、常務にと引き上げ、マルカンを完全にファミリー企業に回帰させてしまった。悪いことに、この兄弟の仲が悪くて、将来は会社を分割せざるを得ないのではという気運も出てきた。槇山は、姜昌侑なきあと巨大企業マルカンの行く末は一体どうなってしまうのか、一二〇〇〇名の社員はさぞかし不安だろうなと、思いを馳せると暗然たる気持ちになった。

槇山はマルカンを退任後、子会社、第一建設の取締役を二年間勤めたのちに七三歳で年金生活に入った。この蓼科合宿の二ヶ月前のことである。

今年も蓼科の夏は短い。八月末なのに、既にトンボが飛び回るグリーンで、四名は互いに褒め合いながらゴルフに興じていた。かつては、ニアピンだ、ドラコンだと競い合っていたものだが、今は八ヶ岳連峰を眺めながら気の置けない友とラウンドする喜びだけで満ち足りている。いったん山荘に戻り一休みしたあと、早めの夕食に出かけた。車で三〇分ほど山を下って、馴染みの「五駒」に繰り出した。地酒ダイヤ菊を枡酒にして、枝豆、ウド、山女魚、もつ煮と平らげ、しめは玄蕎麦とほうとう鍋である。その後いつも通り、古沢昭子、久美子親子が経営するスナック「ジュテーム」へ回った。ところが入口の外灯が消えていて、店の中にもひと気が感じられない。七時過ぎでオープンしているはずなのに、電話をかけても、ドアをたたいても応答がない。しばらく四名は佇んでいたが、諦めて山荘に帰ることにした。久美子と『ロンリー・チャップリン』を歌うことを毎年の恒例としていた川重は、最後まで未練たらしく鍵穴から内部をのぞいたりしていたが、しょんぼりと肩を落として車に乗った。

「どうしたのですかかね、最近昭子かあさんは老けたし、久美ちゃんも足を悪くしてから表情が暗くなったので心配ですね」と川重がつぶやく。

「仕方ないよ、二〇年も経てばだれもが齢をとるよ。古沢親子の身辺に何か起きたのかもしれないね」と大島が川重を慰めた。

「僕は川重さんといると、いつも二次会はカラオケで歌っていた記憶しかありませんよ」と和光が懐かしむ。槇山もハンドルを握りながら昔を語った。

「そうだね、まさに歌は世につれ世は歌につれだ。ともかく川重は歌がうまい、ルックスが良ければその道に行けたかもしれないね。振り返れば君はいつも僕の人生の節目で歌っていたよ。まずは一九七四年の吉水課長を囲んでの忘年会、佐藤恵子がバイオリンを奏でるなかで、斉木敏彦と会田哲央と一緒に『神田川』をハモっていた。一九七七年に僕がミラノに赴任する歓送会では『心もよう』を歌い上げた。眼を閉じれば井上陽水かと間違うほどの歌いっぷりだった。一九八〇年、エムビックス欧州販社会議のあとの三星商事ハンブルク支店長宅での懇親会では『与作』をヘイヘイホーと歌い上げ、皆を驚かせたものだ。そして一九九四年、君はプリンター事業の撤収のために東京へ出張してきた折に、我々仲間で赤坂のスナックに繰り出し『とんぼ』を歌いだした……ああ、しあわせのとんぼよ、どこへ、おまえはどこへ飛んでいく……寂寥感に打ちひしがれた我々の心を見事に歌い上げていたね」

「ちょっと、ちょっと、槇山さん！　ハンドルを握りながら感傷に浸らないでください。アルコールが入っているから、ここで事故を起こしてパトカーにでも捕まったら大変なことになりますよ」と川重が後部座席から叫ぶ。

「大丈夫だよ、酔っ払っている槇山さんの方が、しらふの川重君の運転よりうまいから」と助手席の大島がやりかえした。


思いがけずジュテームが閉まっていたので、山荘に戻ったが、まだ八時前だった。皆でベランダに椅子を出して、ラフロイグのオンザロックを片手にくつろいだ。遥か下界に、きらきらと夜に輝く茅野の街が見える。

「槇山さん、先ほど車の中で吉水課長時代の忘年会の思い出を話していましたが、本当に懐かしい。あれからもう四五年も経ってしまったのですね」と川重がしんみりとした口調で言った。

「そう言えば、川重君は広島の畑仕事で参加できなかったけれど、涌井さんの一周忌に合わせて、今年もＭＢＩＸ・ＯＡ会を七月に開いて二八名も集まったんだ。あの御茶ノ水クラブで『神田川』を自己陶酔気味に歌っていた会田哲央も来たよ。なんとエムビックス・インター社で涌井社長のもとで管理を担当していた吉満洋輔さんも来た。八〇年代の資材管理部担当者だった内山大一郎も顔を見せたよ。当時は入社二年目社員が、今や財務開発部長で活躍している。本当に光陰矢のごとしだ」と槇山が答える。

「MBIX・OA会に旧情報機器部の者だけでなく、管理本部の吉満さん、内山君も参加するところがすごい。槇山さんの努力のお陰ですね」と和光が槇山を持ちあげた。

「僕は、エムビックス取引で苦楽をともにした仲間との絆はいつまでも大事にしていきたい。総合商社が川下にまで進出する販社事業のモデルケースとして発展し、三〇年近くも続いたビジネスだけに多くの社員が携わってきたわけで、皆がそのことを誇りに思ってほしいんだ。でも……時々は集まって往時を懐かしむ、というのはあまりにもセンチメンタルかな」

槇山の脳裏を仲間たちとの思い出が駆け巡る。つい、しみじみとした口調になった。

「そんなことはないですよ、MBIX・OA会に集まった面々は、自分の会社人生の中で輝いていた時代にタイムスリップして、その高揚感を皆と共有し、それが明日への活力となるのですよ」と大島が力を込めて言った。

「大島さん、その通り、恰好いいことを言いますね！」とちゃかしたのは川重だった。

しばらく皆黙って遠く下界に広がる街明かりを眺めていたが、和光がまじめな顔をして切り出した。

「一九九四年にエムビックス取引からの撤収がきまり、槇山さんを中心として、我々はつらい思いで撤収作業に従事しましたね。コナタ社製品の競争力が特に低下していた時期でもあり仕方ないとは思うのですが、撤収以外の選択肢はなかったのですかね。例えば総合商社が製造業という川上に直接打って出てコナタを買収するとか、そんな大胆な意見はなかったのでしょうか。そんなことを当時発言したら、『お前は馬鹿か！』と言われて追い出されるような雰囲気でしたけれどね」

「和光君は当時からそれを強調していたね。僕も視点は違うけれど、それに類した私案を駒村専務や後藤本部長にぶつけたことがある。一言でいうと、欧州統括会社を設立し販売網をコナタから買い戻し、再び三星商事主導の経営にする。コナタはサプライソースとして位置づけるが、コナタに競争力がない商品セグメントに関しては、マイコーなりオペルタなりにOEM供給を求めるという案だった」

「本当ですか！　あの状況でよくそのような案を具申しましたね」と川重が驚いた顔を見

せた。

「そうなんだ、私案は提出したものの、何も反応なく無視されてしまった。ＩＴ産業グループがリスクマネー低減に躍起となっていた中で、なんの戯言をほざいているという受け取り方だったのだろうね。もっとも僕の提案は『現状を全く別の視点から捉えてみた一案』という感じで、所要資金や交渉ステップなど具体性に乏しいものだったから、仕方ないところもある」

槇山はラフロイグを一口飲んで続けた。

「今思うと、我々も欧州販社の目先の収益悪化に対応することで頭が一杯で、ただただコナタ社の競争力のなさを嘆くだけで、元々は我々三星商事が始めたエムビックス事業を、どうするかという主体的姿勢が欠けていた。僕も自信を失い、将来に向けて抜本策を考えるより、撤収という道に逃げ込んでしまったような気がするよ」と正直な気持ちを言った。

「先ほども言いましたが、商社が川上に出るということでコナタ社自身を買収する、という議論が出ても良かったと思います。当時のＩＴ産業グループトップには、そのような発想をする者はいませんでしたね。タラレバの話ですが、もしエムビックス事業が資材本部に残っていたら、別の展開となったかもしれませんね」と和光が言った。

「確かに資材本部に残っていたら、あっさりと撤収という経緯は辿らなかったと思う。しかし当時はバブルのはじけたあとで、三星商事自体が生き残りに必至だった。加えて今ほどには総合商社が日本産業界に影響力を行使できる立場にはなかった。とてもコナタ株の買い増しをするとか、ひいては買収して関連会社にするようなシナリオはつくれなかったと思う」

槙山は、当時から二五年経った今、長い間考えていたことを皆に問うてみた。

「コナタがオペルタと合併してコナタオペルタ社となったのは、三星商事が撤退した七年後だ。今や主力の情報機器部門も低迷して企業に発展性がないと聞く。おまけに小が大を飲み込んだ形で、経営の中枢は旧オペルタ出身者で占められているそうだ。でもコナタ社は一人では生き残れないと考えたからこそ、敢えてオペルタとの合併を決断したのだとおもう。我々がコナタに出荷価格引き下げを求めて激しく交渉をしていた一九九三年当時、コナタは人員整理をし、本社を新宿から八王子に移すなど経営の苦境から脱することに必死だった。このようにコナタが外部からのサポートも得たい状況下で、三星商事が今一つ上の立場から、コナタ社を温かく包み込むアプローチをとることはできなかったのだろうか。例えば三星商事持ち株を増やして経営を安定させるとか、三星商事の新規事業に巻き込んで業容の多角化を図らせるなどして、将来的には三星商事グループに組み入れるなどの方法があったのでは、と思うんだ」

「うーん、槇山さんが言うことは、ＩＴ産業グループトップ、いや三星商事トップの立場での発想ですよね。とても我々の立場では考える余裕もなかったし、またそれを進言する力もなかったですよ」と川重が答えた。それから四名はそれぞれ一九九三年当時に思いを馳せているのか、しばし沈黙していた。

九時近くなり、山荘のベランダでは夜風が急に冷たくなってきた。居間のラックから大島がアルマニャックを持ち出してきた。

「槇山さん、身体が冷えてきたのでアルマニャックに切り替えていいですか？　グラスも四個持ってきました」

誰もがまだ飲み足りない、語り尽くしていない、という顔をしている。アルマニャックに切り替えた。

「ところで槇山さんは、自ら選んで三星商事に入社したと思いますが、今はこの三星商事をどう評価しますか？」と大島が唐突に問うてきた。

「なぜ改まってそのようなことを尋ねるの？」

「槇山さんはエムビックス事業撤収の際は大変苦労されたようですが、転職後は常に経営の第一線で活躍し続けて、我々もその気力と姿勢を見習ってきました。しかし早々と四九歳で三星商事を去った気持ちは複雑であったと想像します。そのような槇山さんが三星商事を今はどのように評価しているのかお聞きしたくて……。失礼な質問であったならばお許しください」

「突然そう言われてもね……」と槇山はしばらく考え込んだ。

「僕は早くから三星商事と決めて採用試験を受け、入社後の配属部署は船舶か航空機関連と要望を出し、その通りの社会人スタートを切っただけに、三星商事への思い入れは人一倍強かった。愛社精神というより三星商事への帰属意識が人一倍強かったと思う。したがって、それだけ三星商事の将来を主体的に考えているのだから、思うことを率直に言葉にし、行動に移して構わないという思い上がりもあった。相手によっては不遜と見られるし生意気な奴とも受け取られた。でもそのような他人の眼はあまり気にならなかったのは、自負というか驕りかな。その後三星商事に対する見方が変わった契機は、エムビックス・UK社長としての五年間の経験だった。会社のトップとして常に崖っぷちに立たされて経営判断をする醍醐味を味わってみると、果たして本社に戻ったあとで、昔のように組織の一員としてサラリーマン生活に戻れるのか不安になった。その時から将来は小規模でも外資系のトップに転職するのも人生かなと思い始めた。そして一九九四年秋に事業撤収をして、何も仕事がない電子事業本部長付という閑職になった時に、改めて会社側の僕に対する客観的評価を思い知ったわけだ。同期の仲間が部長に昇進していく中で、このまま居残ることは僕にはとてもできなかった」

「当時僕は、ニューヨークで槇山さんの転職を聞いて本当に驚きましたよ。三星商事の典型的社員のような槇山さんが突然、それも五〇歳前に退社していったのですから」と川重が言う。

「でもここからが、本題で、大島君の質問に答えよう。僕は三星商事に二七年間、その後転職先三社に二四年、曲がりなりにも勤めあげることができた。転職先で力を発揮できたのは、ビジネスの取り進めは基本を守り王道を行くことと、三星商事で教え込まれたからなんだ。一方三星商事にはＩＱの高い人材が満ち溢れているが、ＥＱとなると、レベルの低い社員も多い。中には人格的にはハチャメチャな者もいる。こういう人が組織の長になったりすると始末に負えない。これをつぶさに見てきたことが、僕にとっては反面教師として大きな教訓となり、転職先で自分の言動を常に自戒して律することができた。三星商事での二七年間があるからこそ、転職先の会社でも充実した会社生活を送ることができたと言える。さらに言えば三星商事にいて転職をしたからこそ、サラリーマンの生きがいはポジションとか昇進を求めるより、自己実現のできる場を求めるべきと気づき、悟ったんだ。勿論それなりの報酬が伴うことが前提だけれど、それは二の次だね。ワーカホリックな人間とはそういうものなんじゃないかな」

「槇山さん、おっしゃる通りですね」と和光がしみじみとした口調で言った。

「僕も今の安全保障貿易統括センターに移ってつくづく実感しています。光機資材部、情報機器部時代の経験がベースにあるからこそ、新しい業務をこなしていけるんです。特に三星商事の強みである人事管理と組織運営を身につけたことが大きいと思っています」

「川重くんも転職先シュロス社に部長職で入社し最終的には社長にまでなった。小島君も新晃製作所で東南アジア向け輸出を開拓してきたね。転職して充実した会社生活を終えたわけだ。我々資材部門出身者はまずは自分ですべてをこなす力を身につけるので、概して転職して成功している。金属部門などで大手企業相手の水際仲介取引の経験しかない者は、転職しても、足腰が動かない、川下取引もわからない、ということで苦労しているＯＢが多いようだね」と槇山が言った。

「一方で我々資材部門出身の者は、商社マンとしては目先のことにとらわれて大局観がないと批判されますね」と和光が疑問を呈した。

「確かにその傾向はあるね。だから三星商事では出世しないのかな。でもよく言えば虚業を嫌い地道にコツコツと事業を構築していくタイプが多い。吉水さんや涌井さんなどの先輩が築きあげたエムビックス事業がその典型で、しかも総合商社としては、時代に先駆けて自ら販社を設立して川下に打って出た。本当に誇るべき事業だった」と槇山は往時を思い出しながら言った。

「槇山さん、何よりもエムビックス事業に携わった多くの仲間と、生涯を通じての絆が生まれたことが我々の一番の財産ではないでしょうか」と川重が締め括った。

八月末ともなると蓼科は急に涼しくなる。おまけにここ山荘は標高一六〇〇ｍに位置する。皆セーターを羽織ってアルマニャック片手に話に興じていたが、槇山が時計を見ると既に一〇時近くになっていた。

「明日のゴルフもあるからそろそろ寝るか」

「天気はどうでしょうかね」と大島はベランダの端に行って、東に聳える八ヶ岳連峰の上空に広がる夜空を見上げた。

「素晴らしい！　雲一つない星空です。あれ？　うっすらと見える白い帯はひょっとして天の川かな」

「そんなに夜空が澄んでいるの？」と槇山も川重も和光も大島のもとに寄り、揃って手摺りに肘をついて天空に広がる満天の星を見上げた。その美しさにみとれ、しばし時が過ぎ去るのを忘れる。槇山はふと四五年前の光景を思い出した……吉水複写事業課長のもと、課員全員で蓼科へ旅行をし、女神湖畔のコテージに宿泊した。その晩コテージのベランダから見上げた夜空も、星が滴り落ちるほどに美しかった。

槇山が横を見遣ると、皆も何を思うか、じっと夜空を眺め続けている。

蓼科の夜は静かに更けていった。

《完》

著者プロフィール

星　一平（ほし　いっぺい）

1946年生まれ　東京都出身
1969年 6 月　東京大学法学部卒業
1969年 7 月　大手総合商社入社
1996年 6 月　49歳で設備機器メーカーへ転職
その後、外資系企業、アミューズメント企業
などの経営に携わる
2019年 7 月　73歳で年金生活に入る

本作品を通じ、総合商社の弱小部門に身をおき、地道な努力で事業を築き上げてきた男たちの葛藤と絆を描いたつもりである。
今は亡き先輩、苦楽を共にした同僚・後輩に、改めて感謝を捧げる。

男たちのラプソディー　大手商社の片隅で事業にかけた男たちのドラマ

2021年12月15日　初版第 1 刷発行

著　者　星 一平
発行者　瓜谷 綱延
発行所　株式会社文芸社
〒160-0022　東京都新宿区新宿1－10－1
電話　03-5369-3060（代表）
03-5369-2299（販売）

印刷所　株式会社フクイン

ISBN978-4-286-23261-4